Niet Bespreekbaar

Trident Security
Boek 4

Samantha Cole

Translated by
Leena DuFin

TekTime

Niet bespreekbaar

Niet bespreekbaar is fictie. Namen, karakters, bedrijven, organisaties, plaatsen en gebeurtenissen zijn een product van de auteurs verbeelding of zijn fictief gebruikt. Enige overeenkomst met echte personen, levend of dood, of gebeurtenissen is louter toeval.

Cover door Samantha A. Cole
Redactie door Eve Arroyo
Vertaald door Leena DuFin

Wie is Wie en de Geschiedenis van Trident Security en de Covenant

*** Hoewel niet elk personage in elk boek voorkomt, zijn dit degenen met de meeste vermeldingen in de serie. Deze gids zal lezers helpen om te weten wie wie is.

Trident Security (TS) is een particulier beveiligings- en militair bureau, dat eigendom is van Ian en Devon Sawyer. Het bedrijf heeft overheids- en civiele contracten en is begonnen toen de broers en een paar van hun teamgenoten van SEAL Team Vier zich terugtrokken in de particuliere sector. Het bedrijf is gevestigd op een bewaakt terrein, dat een voormalige dekmantel was voor een import/exportbedrijf voor drugshandel in Tampa, Florida. Drie pakhuizen op het terrein werden omgebouwd tot grote appartementen, de kantoren van de TS, een fitnessruimte en slaapzalen.

Naast het beveiligingsbedrijf is er een vierde pakhuis dat nu onderdak biedt aan een elite BDSM-club, waarvan Devon, Ian en hun neef Mitch Sawyer, die de manager is, mede-eigenaar zijn. Er is veel tijd en geld in gestoken om van de Covenant het meest gewilde lidmaatschap in de regio Tampa/St. Petersburg en daarbuiten te maken. Leden worden grondig doorgelicht voordat ze toegang krijgen tot de elegante club.

Er zijn momenteel meer dan twintig Doms die zijn aangesteld als Dungeon Masters (DM's), en zij draaien twee of drie shifts gedurende de maand. Minstens vier DM's hebben altijd dienst op verschillende posten in de pit en de speelzalen, en een extra DM loopt rond. Hun taak is om de veiligheid van alle onderdanigen in de club te waarborgen. Ze grijpen in als een onderdanige zijn stopwoord gebruikt en de Dom in de scène het niet hoort of er geen aandacht aan besteedt, en zorgen ervoor dat de apparatuur die in scènes wordt gebruikt de onderdanige niet schaadt.

Het veiligheidsteam van de Covenant zorgt voor al het andere dat niet scène-gerelateerd is, en zorgt voor de veiligheid van alle leden en zijn in wezen de uitsmijters. Het totale aantal leden is nu iets meer dan 350. De brandweer had toestemming gegeven voor 500 leden toen het pakhuis werd omgebouwd tot kink-club, maar de neven hebben dat aantal opzettelijk laag gehouden om een elitestatus te behouden.

Tussen Trident Security en de Covenant is er genoeg romantiek, spanning en stomende ontmoetingen. Maak kennis met de Sexy Six-Pack, hun vrienden, familie en teamgenoten.

De Sexy Six-Pack (Alpha Team) en hun partners

- Ian "Boss-man" Sawyer: Devon en Nicks broer; afgezwaaid Navy SEAL; mede-eigenaar van Trident Security en de Covenant; Dom/verloofde van Angelina (Angel).
- Devon "Devil Dog" Sawyer: Ian en Nicks broer; afgezwaaid Navy SEAL; mede-eigenaar van Trident Security en de Covenant; Dom/verloofde van Kristen.
- Ben "Boomer" Michaelson: Navy SEAL op rust; gespecialiseerd in explosieven en munitie; zoon van Rick en Eileen, verloofde/Dom van Katerina (Kat).
- Jake "Reverend" Donovan: afgezwaaid Navy SEAL; tijdelijk aangesteld om het West Coast team te leiden; scherpschutter; Dom en Zweep Meester in de Covenant.
- Brody "Egghead" Evans: afgezwaaid Navy SEAL; computerspecialist; Dom.
- Marco "Polo" DeAngelis: afgezwaaid Navy SEAL; communicatie specialist en back up helicopterpiloot; Dom.
- Nick Sawyer: Ian and Devons broer; momenteel Navy SEAL.
- Kristen "Ninja-girl" Sawyer: auteur van romans/spanning boeken; verloofde/onderdanige van Devon.
- Angelina "Angie/Angel" Sawyer: graphisch artiest; verloofde/onderdanige van Ian.

- Katerina "Kat" Michaelson: hondentrainer voor ordehandhaving en private bedrijven; verloofde/sug van Boomer.

Uitgebreide Familie, Vrienden, en Medewerkers van de Sexy Six-Pack

- Mitch Sawyer: Neef van Ian, Devon, en Nick; mede-eigenaar/manager van de Covenant, Dom.
- T. Carter: US spion en sluipmoordenaar; werkt voor geheim agentschap Deimos; Dom.
- Shelby Christiansen: medewerker personeelszaken; twee keer kanker overwonnen; onderdanige.
- Curt Bannerman: afgezwaaid Navy SEAL; eigenaar van Halo Customs, een motorfiets herstel- en opmaakwinkel.
- Jenn "Baby-girl" Mullins: hogeschool student; peetdochter van Ian; "nichtje" van Devon, Brody, Jake, Boomer, en Marco; vader was een Navy SEAL; ouders vermoord.
- Mike Donovan: eigenaar van de Irish pub, Donovans; broer van Jake.
- Charlotte "Mistress China" Roth: Reclasseringsambtenaar; Domme en Zweep Meesteres in de Covenant.
- Travis "Tiny" Daultry: voormalig professioneel football speler; hoofd van de beveiliging in de Covenant en het Trident terrein; occasioneel lijfwacht voor TS.

- Rick en Eileen Michaelson: Boomers ouders. Rick is een afgezwaaide Navy SEAL.
- Charles "Chuck" en Marie Sawyer: Ian, Devon, en Nicks ouders. Charles is een selfmade onroerend goed miljardair. Marie is een plastisch chirurg die betrokken is bij Operatie Glimlach.
- Will Anders: Assistent Curator van het Tampa Museum of Art, neef van Kristen Anders.
- Dr. Roxanne London: pediater; Domme/echtgenote (Mistress Roxy) van Kayla.
- Kayla London: maatschappelijk werker; onderdanige/echtgenote van Roxanne.
- Chase Dixon: afgezwaaid Army Ranger; eigenaar van Blackhawk Security; contractant van TS.
- Doug Henderson: afgezwaaid Marine; lijfwacht.
- Reggie Helm: advocaat voor TS en de Covenant; Dom/vriend van Colleen.
- Colleen McKinley: office manager van TS; vriendin/onderdanige van Reggie.
- Carl Talbot: hogeschool professor; Dom en Zweep Meester in de Covenant.

Leden van de ordehandhaving

- Larry Keon: Assistent Directeur van de FBI.

- Frank Stonewall: Speciaal Agent verantwoordelijk voor de Tampa FBI.
- Calvin Watts: Leider van de FBI HRT in Tampa.

De K9s van Trident

- Beau: Een verweesde Lab/Pit mix, gered door Ian. Nu een getrainde K9 die zijn plek in het Alpha Team meer dan verdiend heeft.

Hoofdstuk Een

Mentaal rolde Parker Christiansen met zijn ogen en luisterde hoe zijn oudere broer maar doorzeurde over het leven in Boston – een leven waarin Parker zich nooit had thuis gevoeld en dat hij jaren geleden achter zich had gelaten. Dave was net als hun ouders: verwaand, arrogant en rijk. Hij was zelfs in de voetsporen van hun vader getreden en een succesvolle bedrijfsadvocaat geworden.

Intussen had Parker zijn liefde om met zijn handen dingen te bouwen gebruikt en was hij architect/aannemer geworden. En hoe succesvol hij zijn bedrijf New Horizons ook had gemaakt, zijn vader wist hem altijd te kleineren. Niets wat hij ooit deed was goed genoeg voor de oude man. Hun familie was rijk en bevoorrecht en recht Alan en Janet Christiansen konden niet accepteren dat hun jongste zoon graag zijn handen vuil maakte. Ze vonden het ook niet leuk dat Parker een Dom was in de BDSM-levensstijl – een feit waar Alan een paar jaar geleden bij toeval achter was gekomen en hij herinnerde zijn zoon er steeds opnieuw aan.

Maar zijn broer was altijd nieuwsgierig geweest naast de levensstijl – niet in het bijzijn van hun ouders, natuurlijk. Dave had hem een paar weken geleden gebeld met de mededeling dat hij dit weekend voor zaken in Florida zou zijn en dat hij als gast met Parker meewilde naar de club waar hij lid van was. The Covenant was een besloten en elitaire BDSM-club in Tampa, en Parker was al lid sinds de deuren vier jaar geleden opengingen. Zijn bedrijf had een deel van de werken in de club uitgevoerd, evenals aan de andere drie pakhuizen op het omheinde terrein.

Hij had een van de gebouwen verbouwd tot twee appartementen voor de eigenaars van club, Ian en Devon Sawyer, en was bezig om nog twee appartementen toe te voegen in de momenteel ongebruikte helft van het gebouw. Hij had vernomen dat Jen, Ians petekind, en een kreeg, terwijl hun jongere broer de sleutels zou krijgen van het laatste appartement zodra hij op rust zou gaan bij de Marine. In een van de andere gebouwen was het bedrijf van de Sawyers gevestigd, Trident Security. De ex-Navy Seals hadden twee bloeiende bedrijven, maar hun neef Mitch Sawyer was de derde mede-eigenaar en manager van de club. De club waar Parker en Dave naar op weg waren.

Parker had Mitch de naam van zijn broer gegeven om hem als gast mee te kunnen nemen. The Covenant controleerde extreem streng de achtergond van potentiële leden en bezoekers. Iedereen moest juridisch bindende privacycontracgten tekenen om ervoor te zorgen dat wat er in de club gebeurde, ook binnen de club bleef.

'Waarom wil je weer naar de club? Ik dat dat Carol tegen de levensstijl was.'

Dave haalde zijn schouders op.

'Ze was het ermee eens dat ons huwelijk wat opgevrolijkt moest worden. Ik denk erover om lid te worden van een club buiten Boston, maar ik wilde er eerst een met jou uitproberen zodat je me wat meer over de levensstijl kunt vertellen.'

Parker verliet de snelweg en reed de privéweg op die naar het terrein leidde.

'Haal je identiteitsbewijs tevoorschijn. Je moet het aan de bewaker laten zien.'

'Is er een bewaker?'

'Ja. De Sawyers nemen de beveiliging hier serieus,' hij pakte het identiteitsbewijs dat zijn groer hem gaf, draaide het raampje naar beneden en gat het aan de bewaker.

'Hé, Murray. Wat doe jij hier? Ik dacht dat je alleen overdag werkte.'

De stoere, gewapende bewaker haalde het identiteitsbewijs door zijn handcomputer, vergelijk de foto en naam met de goedgekeurde lijst en overhandigde de kaart terug aan Parker.

'Gewoon een beetje overwerken. Een van de jongens heeft zich ziek gemeld. Jullie zijn in orde. Nog een fijne avond.'

'Bedankt. Jij ook.' Parker vond een plekje voor zijn truck en zette het contact uit.

'Geef me je mobiel.'

'Waarom?' ondanks zijn vraag, overhandigde Dave hem het apparaat.

'Ze zijn niet toegestaan in de club.' Wel als ze in een zak of tas bleven. Berichten sturen of telefoneren moet in de lobby of op het parkeerterrein gebeuren.Maar Parker wilde niet dat zijn broer in de verleiding zou komen om de telefoon binnen te gebruiken. Hij gooide het toestel, samen met zijn eigen telefoon, in het handschoenkastje.

'Oké, denk eraan, ik ben hier verantwoordelijk voor jou. Bij de balie krijg je een geel polsbandje dat aangeeft dat je een gast bent en niet beschikbaar om te spelen. Je doet niets zonder eerst met mij te overleggen. Als ik je aan iemand voorstel, vraag je toestemming aan de Doms of Dommes om met hun subs te praten. Er is een limiet van twee drankjes voor gasten en iedereen die gaat spelen. Vraag niet om meer dan dat, want ze houden het bij.'

Dave zwaaide de opmerking weg en klom uit de Chevy Tahoe.

'Ik heb het begrepen. Ik heb alles gelezen wat je in de e-mail hebt gezet; Geen zorgen.'

Ondanks de verzekering van zijn broer, kon Parker het niet helpen te bedenken dat dit een grote vergissing was.

* * *

Shelby Whitman liep de grote zaal van de club in en liet de pulsurende muziek door haar lichaam stromen. Ians nieuwe sub leek aardig. Toen ze elkaar een paar minuten geleden in de dameskleedkamer hadden ontmoet, leek Angie nervieus, maar dat was te verwachten als je als sub een eerste keer in een BDSM-club was. Shelby hoopte

4

dat ze de angste van de vrouw had verminderd met haar kleine peptalk.

Shelby keek even langs haar lichaam naar beneden en grijnsde om haar nieuwe outfit. De kleur van vanavond was elektrisch blauw. Haar beha, minirok die uitliep als ze draaide, en pruik met stijl haar tot op haar schouders, pasten allemaal perfect bij elkaar. Wat jaren geleden was begonnen als een manier om haar dunner wordende haren van de bestraling te verbergen, was een modestatement geworden dat lang was gebleven nadat haar behandelingen voor eierstokkanker waren afgerond. Nu ze al zes jaar kankervrij was, droeg ze nog steeds elke dag dat ze naar de club kwam een andere pruik die bij haar outfit paste.

Ze keek om zich heen en probeerde zichzelf wijs te maken dat ze niet naar *hem* op zoek was, maar haar blik zocht nog steeds naar die zachte, bruine ogen en het blonde kapsel. Er waren genoeg vrijgezelle, hete Doms in The Covenant, maar iets aan Parker Christiansen trok haar altijd aan, waardoor haar libido wakker werd en de aandacht trok. Hij was om van te kwijlen en altijd bruin van het buiten werken. Ze wist dat hij zijn eigen bouwbedrijf had. Maar hij was niet het type man dat achter een bureau ging zitten en anderen het vuile werk liet opknappen. Parker zat in de loopgraven met zijn werknemers.

Maar de Dom was niet voor haar. Hij had meer nodig dan een sub... hij had een vrouw nodig. Parker was het type man dat oud moest worden met de vrouw van wie hij hield, met veel kinderen en kleinkinderen. Iets wat Shelby hem nooit zou kunnen geven. Het was een deel van de reden waarom ze van de levensstijl hield, naast de ongelooflijke orgasmes die ze regelmatig kreeg van andere vrijgezelle Doms die wilden spelen. Ze kon iedereen aan de haak slaan die niet op zoek was naar een relatie voor de lange termijn... iedereen die alleen een relatie wilde hier in de club en niet in de "echte" wereld.

Voor haar kanker wilde ze een langdurige relatie met een Dom/echtgenoot, twee komma zes kinderen, een hond en een huis met een witte omheining. Maar dat was voordat het lot wreed was geweest. Nu had ze een man niets te bieden behalve seks en vriendschap. Dus kwam ze hier, zette haar beste glimlach op en de springerige persoonlijkheid waar iedereen van hield, tot ze naar huis ging... alleen.

Ze haalde diep adem, verdrong Meester Parker uit haar gedachten en liep naar de wachtruimte voor subs. Misschien zouden Meesters Brody en Marco hier zijn en bereik om haar te verwennen in een van hun ménages. De twee lieten haar altijd verzadigd en goed verzorgd achter zonder emotionele verplichtingen. En dat vond ze prima.

* * *

Een uur nadat ze aankwamen, wilde Parker al graag weer weg. Het was niet dat hij niet ind e club wilde zijn, hij wilde er gewoon niet met zijn broer zijn. Hij wist dat dit een vergissing was geweest. Hoewel Dave een hoop vragen had gesteld, was het duidelijk dat hij nog steeds geen idee had van de levensstijl en er niet in thuishoorde. Het maakte de Dom ook kwaad dat zijn broer naar elke schaars geklede sub gluurde alsof ze een stuk vlees was. Hem hier hebben was het recept voor een ramp.

Naast zijn problemen met zijn broer, wilde hij niet naar Shelby's scène met de ménage Meesters kijken. Brody Evans en Marco DeAngelis waren het populaire tag-team duo voor de vrouwelijke subs, en een paar minuten geleden had hij van een afstandje toegekeken hoe Shelby en de twee Doms onderhandelden over een scène. Nou ja, meestal onderhandelde Brody met de blonde sub. Marco had op dit moment Dungeon Master dienst en hield een oor op de andere twee gericht en zijn ogen op al het andere om hem heen. De DM's waren allemaal ervaren Doms of Dommes die diensten draaiden om ervoor te zorgen dat geen enkele onderdanige iets overkwam, of dat nu opzettelijk was of niet. En Parker was een van hen.

Hij dwong zichzelf te stoppen met treuren over Shelby, die met een paar andere mensen aan het kletsen was in een zithoek die bestemd was voor onderdanigen, en beet gefrustreerd op zijn lip. Ze was waarschijnlijk aan het wachten tot Marco klaar was met zijn dienst. Parker wierp een blik op zijn horloge. De DM zou over ongeveer een kwartier vrij zijn.

'Hé, Dave. Aangezien jij niet kunt spelen en ik je niet alleen kan laten, zullen we ergens anders wat gaan drinken.'

Zijn broer keek hem schuin aan.

'Ik zit hier prima, maar als je wilt kunnen we boven gaan zitten, wat drinken en kijken vanaf een van de balkontafels.'

Niet de reactie die hij wilde, maar ze zouden

tenminste uit de "put" zijn, zoals de leden de enorme speelzaal beneden noemden. De ingang van de club was op de eerste verdieping, waar ook de bar was. Het U-vormige balkon had verschillende zitjes, sommige langs de reling zodat de leden de scènes van bovenaf konden bekijken. Hij kon de kant boven de banken kiezen zodat hij Shelby's triootje niet hoefde te zien en te dromen dat ze zijn sub was en de zijne alleen. Hij had in het verleden twee keer geprobeerd met haar te onderhandelen, maar ze had hem beide keren afgewezen. Het was het voorrecht van een single onderdanige om te spelen of niet te spelen met wie ze wilden en een Dom moest dat accepteren. Hij wilde alleen maar weten waarom ze niets met hem te maken wilde hebben.

Parker stond op.

'Ja, dat is prima. Laten we even door de kleedkamers lopen. Ik moet naar toilet.' Hun tafel stond niet ver van de wachtruimte voor de onderdanigen, halverwege de grote trap en het Andreaskruis op een klein podium in het midden van de kamer. Normaal gesproken was het podium gereserveerd voor scènes met hoogtepunten of rozenceremonies. Devon en zijn verloofde Kristen Anders hadden hun ceremonie er een paar maanden geleden op gehouden en Parker was blij dat zijn vriend eindelijk iemand had gevonden om van te houden. Hij hoopte alleen dat hij ooit zoveel geluk zou hebben.

Zijn broer keek nog steeds naar de bedrijvigheid om hen heen en bleef zitten.

'Ik wacht hier wel op je. Geen haast.'

'Ik mag je niet alleen achterlaten.' Dave rolde met zijn ogen.

'Kom op, Park. Ik ben een volwassen man en heb geen oppas nodig. Ik beloof dat ik hier zal wachten.'

Parker aarzelde en wilde net nee zeggen, maar Dave gaf hem die blik waardoor hij zich altijd de idioot van de familie voelde. Die verdomde heilige blik die zei dat ik beter ben dan jij ooit zult zijn.

'Oké, prima. Jij blijft hier en je praat met niemand tenzij ze je eerst benaderen. Ik ben zo terug.'

Hij liep naar de kleedkamer en keek een keer over zijn schouder naar zijn broer. De verwaande klootzak gaf hem een van die neerbuigende zwaaien alsof hij een vervelende mug wegjoeg. Parker kromp ineen en verdween naar de toiletten. Daar vervaagden de geluiden van vlees, of leer, smakkend vlees en orgasmes die werden bereikt, terwijl de dreunende muziek voldoende werd gedempt zodat hij zichzelf kon horen denken. Waarom hij had ingestemd om hier vanavond te komen, wist hij niet meer. Het was niet alsof hij en Dave hecht waren... als er geen bloedverwantschap was, zou Parker hem niet eens als vriend beschouwen. Vier jaar jonger dan Dave's leeftijd van vijfendertig, had hij altijd in de schaduw van de man geleefd. Dat was een van de redenen dat hij naar Florida was verhuisd. om weg te zijn van zijn familie.

Brody stapte naar het urinoir naast Parker.

'Hé, man. Hoe gaat het?'

'Goed. En met jou?'

'Helemaal niet slecht. Vooral omdat kleine Miss Shelby een scène met mij en Marco heeft geregeld voor later. Verdomme, ik hou van dat kleine pittige ding.'

Parker klemde zijn tanden op elkaar. Hij wist dat

Brody alleen maar respect had voor de sub. Maar het irriteerde hem dat de grote klootzak haar kende op een manier die Parker nog nooit had meegemaakt. De computernerd van Trident Security was een voormalige Navy SEAL, net als elk van zijn collega's. Hij had ook een hart van goud en leek geliefd te zijn bij iedereen die hem ontmoette. Brody behandelde elke vrouwelijke sub zoals ze behandeld moesten worden ... alsof ze de kostbaarste vrouwen ter wereld waren.

Parker ritste zijn broek dicht, draaide zich naar de wasbakken en probeerde te doen alsof het hem niet stoorde met wie Shelby omging.

'Nou, veel plezier dan maar.'

'Hé, voor ik het vergeet... kan ik je later deze week bellen? Ik wil de badkamer in mijn nieuwe huis opknappen. Roze tegels en ik gaan niet echt samen, en de douche is veel te klein.'

Hij was klaar bij de urinoirs en stapte naar de plek waar Parker zijn handen waste.

'Ja, natuurlijk. Maandag is meestal een drukke dag, ik zou dinsdagmiddag tijd moeten hebben om langs te komen en een kijkje te nemen.' Parker schudde het overtollige water van zijn handen en pakte een papieren handdoek. Hij wierp een blik achterom en zag dat de andere man knikte.

'Dat moet lukken. Ik bel je dinsdagochtend om het te bevestigen. Bedankt. Dat waardeer ik.'

Hij gaf Brody een schouderklopje toen hij langsliep en zei: 'Geen probleem. Tot straks.'

Parker wilde nu meer dan ooit weg uit de club en liep terug naar de put, waar twee dingen tegelijk tot hem doordrongen. Een - zijn broer was niet waar hij hem had achtergelaten. En twee - er was een grote, luide menigte bij het gedeelte voor de onderdanigen, en het leek niet voor iets goeds te zijn. *Verdomme!*

Toen hij zich een weg door de groep baande, verwachtte hij niet wat hij zag, hoewel hij niet al te verbaasd was. Dave lag op de grond, met zijn gezicht naar beneden en een arm hoog achter zijn rug geslagen door een woedende Marco. Zijn broer was geen partij voor de beveiligingsagent die bijna dagelijks trainde.

Parker kreeg een naar gevoel in zijn maag toen hij een paar meter verderop drie vrouwen op de grond zag zitten. Meesteres China en een vrouw die hij niet herkende hadden hun armen om ... *shit* ... een huilende Shelby. Met grote ogen hield ze een trillende hand tegen haar wang terwijl de Domme klaar leek om nagels te spuwen.

Met gebalde vuisten richtte hij zijn aandacht weer op de twee mannen en blafte, 'Verdomme, Dave? Wat heb je verdomme gedaan?'

'Ik heb niets gedaan. Haal die gorilla van me af. Ik ga hem aanklagen als hij niet van me afgaat.'

Het zeurderige, pijnlijke bevel wekte geen sympathie op bij Parker. Zijn blik ging naar Marco, die gromde en de vragende blik beantwoordde met een nijdige blik.

'Deze klootzak heeft Shelby in de rug geduwd. Er stonden mensen in de weg en ik was niet snel genoeg om hem tegen te houden.'

Wat? De klootzak sloeg Shelby? Mijn Shelby? Een vrouw die nog geen vlieg kwaad zou doen.

Parker was razend. Zijn blik ging terug naar de

huilende sub en zijn bloed bereikte het kookpunt. Met knarsetanden richtte hij zich tot de andere Dom.

'Hij is mijn broer. Laat hem opstaan, Marco.'

Marco's ogen flikkerden naar Ian, die naast Parker stond. Travis "Tiny" Daultry, het hoofd van de clubbeveiliging, en enkele andere bewakers hadden de menigte teruggedrongen om de Doms wat ruimte te geven. Ian sloeg zijn armen over elkaar en bestudeerde Parkers gezicht. Parker wist dat zijn woede zichtbaar was en hij smeekte de eigenaar in stilte om hem dit te laten afhandelen. Ian zei geen woord maar knikte naar Marco, die de klootzak losliet en ging staan.

Toen Dave opstond, kon Parker niet geloven dat hij zo stom was om te zeggen, 'Wat is het probleem? Iedereen slaat hier vrouwen en ik krijg problemen om wat jullie allemaal doen.'

Parker deed een stap dichter naar hem toe, zijn stem laag en nauwelijks gecontroleerd. 'Gaat het?' Duidelijk niet beseffend hoe kwaad zijn broer was, grijnsde de idioot.

'Ja, Park, het gaat goed.'

'Goed.' In dezelfde hartslag deinsde hij achteruit en sloeg Dave in zijn gezicht, waardoor hij bewusteloos raakte. Hij negeerde het gejuich van het publiek en haastte zich naar Shelby.

'Het spijt me zo, Shelby. Het is mijn schuld. Ik had hem niet alleen moeten laten.'

Hij hielp haar opstaan, maar Meesteres China en de andere vrouw bleven naast haar staan om haar te steunen. Parker trok Shelby's hand voorzichtig van haar wang en gromde, 'Ik vermoord hem,' toen hij haar rode en gezwollen wang zag, dat blauwe plekken begon te vertonen. Hij wist dat het een vergissing was om die stomme eikel hierheen te halen, maar het feit dat uitgerekend Shelby iets was overkomen, maakte dat hij zijn broer wakker wilde maken om hem weer bewusteloos te slaan.

Ze greep zijn onderarm, haar ogen smekend.

'Nee, niet doen, Sir. Ik had meester Marco of een van de andere DM's moeten roepen. Hij probeerde met me te onderhandelen. Ik zag zijn gastenpolsbandje en wist dat hij niet mocht spelen, maar hij accepteerde geen nee. Toen ik probeerde weg te lopen, sloeg hij me.'

Parker trok haar in zijn armen en hield haar even vast terwijl iedereen toekeek. Hij zag hoe Ian zijn hoofd optrok naar Tiny, die met de andere bewakers de menigte uiteen begon te drijven. De Hoofd Dom sprak toen zachtjes tegen Parker.

'Laten we dit naar het kantoor brengen. Wat wil je dat we met hem doen?'

Parker antwoordde niet meteen, hij moest eerst voor een sub zorgen. Ze was dan wel niet van hem, maar voorlopig was hij verantwoordelijk voor haar. Hij kon de woede en het schuldgevoel in zijn stem nauwelijks bedwingen.

'Ga naar de kleedkamer en doe wat ijs op je wang. Als ik klaar ben met Ian en mijn klootzak van een broer, breng ik je naar huis.'

'Dat hoef je niet te doen, ik kan zelf wel rijden.' Shelby's gezicht bloosde en haar ogen ontweken hem. Ook al leek haar trillen af te nemen terwijl hij haar in zijn armen hield, het leek erop dat ze daar niet wilde zijn.

'Ik moet dit doen, Shelby, alsjeblieft. Ik moet zeker

weten dat alles goed met je gaat en dat je veilig thuis-komt. Hier valt niet over te onderhandelen.' Hij kantelde haar kin omhoog met zijn vingers tot ze hem aankeek.

'Alsjeblieft?'

Ze beet op haar lip en knikte. Meesteres China sloeg haar arm om de schouder van de sub en bevrijdde haar uit Parkers armen. Ondanks het feit dat de Domme een beetje een sadiste was, had ze de neiging om een moeder-kloek te zijn voor de subs.

'Ik zal voor haar zorgen. We zijn in de kleedkamer als je klaar bent.'

Hij bedankte haar terwijl Ian met de andere vrouw sprak. Parker dacht dat zij de nieuwe sub van de eigenaar was, waar hij eerder iemand over had horen praten.

'Het spijt me, maar ik moet dit regelen. Ga alsjeblieft met hen mee en wacht op me in de kleedkamer. Ik ben er over een paar minuten."

'Ja, Sir.'

De twee vrouwen liepen met Shelby naar de kleed-kamer en voordat hij zich bij hen voegde, gaf Marco Parker een verhitte blik waarvan hij wist dat hij die verdiende. Hij had een van de regels van de club over-treden - nooit een gast zonder toezicht achterlaten - en het resultaat was verwoestend.

Ian vroeg een van de serveersters in de buurt om Shelby een ijspak te brengen voordat hij zich tot Parker wendde, die nog steeds een familiemoord wilde plegen.

Parker gaf zijn sleutels aan Tiny en vroeg, 'kun je me een plezier doen? Gooi hem in mijn truck. En doe geen moeite om voorzichtig te zijn. Hij verdient elke blauwe plek die hij eraan overhoudt.'

De twee meter en honderdvijftien kilogram zware parttime bodyguard grijnsde. 'Met plezier. Wij zorgen wel voor hem. Zorg jij er maar voor dat Miss Shelby in orde is.'

'Dat zal ik doen.' Parker draaide zich toen naar Ian, zijn gezicht gevuld met schaamte, woede en spijt.

'Laten we dit afhandelen.'

Hoofdstuk Twee

Parker ijsbeerde achter de gesloten deur van Mitch'
kantoor terwijl Ian tegen de voorkant van het bureau zat
en naar hem keek. Normaal gesproken zou de manager
bij zoiets als dit aanwezig zijn, maar Mitch zat thuis met
griep.

Parker ging met zijn hand door zijn haren en
probeerde te kalmeren, maar dat was bijna onmogelijk.

'Fuck! Het spijt me zo, Ian. Ik was maar twee
minuten naar toilet. Ik zei hem te blijven zitten waar we
zaten. Hij wist verdomme dat hij niet mocht spelen of
subs benaderen. De enige reden dat ik hem hier heb
gebracht is dat hij me een paar weken geleden belde en
zei dat hij de plek wilde zien, terwijl hij voor zaken in de
stad was. Hij zei dat zijn vrouw en hij erover dachten om
lid te worden van een club in Boston. Ik wist dat ik hem
niet hierheen had moeten brengen. Hij begrijpt de
levensstijl niet zoals ik die begrijp. Ik weet dat hij zijn
vrouw eerder bedrogen heeft, maar ik dacht niet dat hij

stom genoeg zou zijn om hier iets te proberen. Fuck! Ik ga hem vermoorden.'

De eigenaar liet hem nog een minuut doorratelen voordat Parker diep ademhaalde en hem aankeek.

'Ik heb de regels overtreden. Doe wat je moet doen.'' Hij plofte neer in een van de stoelen en liet verslagen zijn hoofd hangen. Hij had het zwaar verpest en het zou hem niet verbazen als Ian hem voorgoed uit de club zou gooien.

Ian sloeg zijn armen over elkaar.

'Het spijt me dat ik dit moet doen, maar je weet dat je een gast niet alleen mag laten om precies deze reden. Je had een DM of bewaker moeten vragen om op hem te letten voor de tijd die je nodig had om hem alleen te laten.' Parker knikte, maar zei niets. Hij verdiende de afranseling en nog veel meer.

'Ik moet je speelprivileges voor de komende twaalf weken opschorten. Gedurende die tijd zul je drie DM-diensten per week draaien. Ik zal morgen het schema bekijken en de data en tijden met je afstemmen. Je gast-privileges worden ook voor twee jaar opgeschort.'

Geschorst? Niet beëindigd? Godzijdank. Hij dacht niet dat hij kon leven zonder Shelby elke week te zien, of ze nu met hem wilde spelen of niet. Parker snoof.

'Maak je geen zorgen. Ik denk dat dit de laatste keer is dat ik iemand hier naartoe breng, of ze nu in de levens-stijl zitten of niet. Ik heb mijn lesje geleerd.' Hij haalde zijn hand over zijn gezicht terwijl hij weer ging staan.

'Ik ben over een paar minuten terug voor Shelby. Dave's motel is ongeveer vijf minuten van hier. Ik dump hem in zijn kamer en kom terug. Als ik dacht dat een taxi de bewusteloze klootzak zou oppikken, zou ik er een bellen. Maar omdat Shelby wordt verzorgd door China en Marco, wil ik eerst van hem af.'

Ian knikte en volgde hem het kantoor uit. Bij de dubbele deuren gingen ze uit elkaar en Parker liep door naar de lobby, waar Tiny op hem wachtte met zijn sleutels. Toen de grote man ze naar hem gooide, gaf hij hem een ondeugende grijns.

'Hij is helemaal ingestopt, maar hij heeft misschien een paar blauwe plekken van toen hij "per ongeluk" van de trap viel.' Parker grijnsde.

'Hoeveel trappen?'

'Zes of zeven. Ik weet het niet zeker. Het kunnen er acht geweest zijn, maar niet meer dan negen. Hij had zijn nek kunnen breken als dat was gebeurd.'

'Je bent de beste, Tiny.' Hij gaf de hoofdbewaker een vuistslag. "

'Bedankt voor het buitenzetten van het afval. Ik kom zo terug voor Shelby.'

'Geen zorgen.'

Bij het verlaten van de club daalde Parker de lange trap af die naar de parkeerplaats leidde. Van buitenaf zou je niet zeggen dat dit gebouw een van de meest elitaire privé BDSM-clubs aan de oostkust huisvestte. Het was *de* club om bij te horen, en Parker had geluk dat dit niet de laatste keer zou zijn dat hij daar wegreed. Ondanks zijn woede kon hij het niet helpen te denken dat dit Shelby een kans zou geven om hem beter te leren kennen. Misschien kon ze zich zo over haar afkeer tegen hem heen zetten. Zolang ze hem maar niet haatte na vanavond. *Fuck!*

* * *

Shelby liet zich vasthouden door Meester Marco terwijl ze in de dameskleedkamer wachtten, samen met Meesteres China en Angie. Ze vond het vreselijk dat dit de eerste ervaring van de nieuwe sub in de club was. Dit soort incidenten waren zeldzaam in The Covenant, maar af en toe kwam er een ezel door de strenge achtergrondcontroles.

Ze was op haar hoede geweest toen de man naar haar toe kwam en had meteen het gele polsbandje opgemerkt dat aangaf dat hij een gast was. Hij had geprobeerd haar ervan te overtuigen hem later in zijn motel te ontmoeten – echt niet! Toen ze probeerde weg te lopen, pakte hij haar arm. En toen ze hem niet al te beleefd had gezegd op te rotten, had hij haar een klap verkocht. Voordat ze wist wat er gebeurde, had Marco hem op de grond en stonden Angie en Meesteres China naast haar.

Shelby had door de jaren heen gruwelverhalen gehoord over mannen die ervan uitgingen dat vrouwen in deze levensstijl makkelijke vrijsters waren of, erger nog, hoeren. Ze had zelf ook een paar van die griezels ontmoet. Daarom vertelde ze nooit iemand dat ze lid was van de BDSM-gemeenschap, tenzij ze zeker wist dat zij ook lid waren en niet alleen maar wannabees.

Zittend op Marco's schoot liet ze zich door hem troosten met zacht gesproken woorden terwijl hij met zijn hand over haar rug streelde. Ze wist dat hij er niet alleen voor zorgde dat het goed met haar ging, want dat is wat goede Doms doen, maar dat hij nu de controle overnam om hem te helpen om te gaan met wat er eerder was gebeurd. Hoewel ze de afgelopen jaren vaak met de Dom had gespeeld, was er geen romance tussen hen, alleen een comfortabele vriendschap. Ze wist niet veel over hem buiten de club, behalve dat hij bij Trident Security werkte, maar ze wist wel dat hij een paar maanden geleden zijn enige zus, Nina, had verloren aan kanker. Veel clubleden waren naar de begrafenis gegaan om hem te steunen.

Shelby hoopte dat Marco ooit een sub zou vinden op wie hij verliefd kon worden, hoewel hij in dat opzicht meer op haar leek. Geen van beiden geloofde dat ze in staat waren om iemand binnen te laten voor een langdurige relatie. Ze wist niet zeker wat zijn redenering was. In haar geval, welke man zou een vrouw willen die geen kinderen kon krijgen en altijd in angst leefde dat haar kanker terug zou komen? Ze had geluk gehad dat haar kanker vroeg genoeg was ontdekt, maar dat gold ook voor die van Nina. Helaas was de grote "K" voor beide vrouwen onvriendelijk geweest, alleen op verschillende manieren.

De deur boven ging open en iemand liep de trap af. Toen ze opkeek, zag ze meester Ian de kleedkamer binnenkomen. De mannen kwamen zelden in de dames-kleedkamer, maar het stoorde niemand als ze dat wel deden. Het was niet alsof ze de meeste vrouwen niet ooit naakt hadden gezien.

Omdat ze Ians uitdrukking niet kon lezen, sprong ze van Marco's schoot en greep de arm van de eigenaar vast. Haar hart sprong naar haar keel en ze was plotseling bang voor Parker.

'Meester Ian! Geef Meester Parker alsjeblieft geen

straf. Het was niet zijn schuld. Ik wil niet dat hij in de problemen komt. Schop hem alsjeblieft niet uit de club. Het is allemaal mijn schuld. Ik had eerder weg moeten lopen.'

Hysterie borrelde in haar op. Ze was zo bezorgd om Parker. Ook al was die engerd zijn broer, hij was niet verantwoordelijk voor de daden van de man. Marco en Meesteres China gromden allebei naar haar terwijl Ian haar bij de schouders pakte en haar naar een lege stoel leidde.

'Rustig, Shelby, en ga zitten.'

Zijn bevelen werden gegeven op een toon die meteen om een reactie vroeg. Als ervaren sub had het het gewenste effect op haar toen ze zijn diepe stem door zich heen liet rommelen. Ze haalde diep adem toen hij verder ging.

'Meester Parker weet dat hij de regels heeft overtreden en dat er consequenties zijn voor wat er is gebeurd. Niets daarvan was jouw schuld en ik wil die woorden niet meer uit jouw mond horen komen. Begrepen?'

Shit. Zagen ze niet dat dit niet Parkers schuld was? Ze wilde niet dat hij door haar uit The Covenant werd geschopt. Ze kon de tranen die over haar wangen liepen niet tegenhouden en probeerde hem te smeken om het te begrijpen.

'Ja, Sir. Maar . . .'

'Geen gemaar, Shelby.' Hij kneep in haar schouder.

'Ik heb Meester Parkers lidmaatschap niet ingetrokken. Hij heeft wel een schorsing gekregen voor zijn onverantwoordelijke acties. Hij heeft de volledige schuld aanvaard voor wat er is gebeurd en is akkoord gegaan met de straf. Hij is over een paar minuten terug om je naar huis te brengen, dus waarom pak je je spullen niet uit je kluisje en kleed je je om? Oké?'

Ze huilde nog steeds zachtjes, stond op en mompelde, 'ja, Sir.'

Ian trok haar in zijn armen en omhelsde haar.

'Het komt goed, kleintje. Ik beloof het je. Ik denk dat het beste wat je kunt doen is je ogen drogen, en als Meester Parker terug komt, geef hem wat van je brutaliteit waar we allemaal zo van houden en laat hem voor je zorgen. Ik denk dat jullie je dan allebei beter zullen voelen, hmm?'

Ze trok zich terug en schonk hem een waterige glimlach.

'Ja, Sir. Dank u.'

Marco pakte haar arm en omhelsde haar ook, terwijl hij een kus op haar blauwharige hoofd drukte.

'Lieverd, het spijt me dat ik er niet was toen je me nodig had.'

Ze knikte met haar hoofd tegen zijn stevige borst en wilde niet dat hij zich slecht zou voelen.

'Het is goed, Meester Marco. Je was er zo snel als je kon.'

Hij gaf haar nog een kneepje voordat hij haar losliet. Ze sjokte naar de lockers en vond degene die ze gebruikte. Ze deed hem open, trok haar pruik af, gooide hem in haar plunjezak en haalde een hand door haar blonde stekelhaar. Haar wang prikte nog steeds en een snelle blik in de spiegel liet zien dat er zich al een blauwe plek had gevormd. *Verdomme*.

Morgen en zondag kon ze thuisblijven, maar hopelijk zou wat make-up het zwart en blauw bedekken, zodat ze maandagochtend op haar werk geen twintig vragen hoefde te beantwoorden. De vier andere vrouwen met wie ze samenwerkte op de personeelsafdeling van Tri-Labs Pharmaceuticals zouden het meteen merken en iemand een schop onder zijn kont willen geven, omdat hij haar pijn had gedaan. Ze vormden een hechte groep en steunden elkaar altijd. Haar klootzak van een baas was een heel ander verhaal. Hij haatte het als het leven van zijn werknemers zich om wat voor reden dan ook met het werk bemoeide. De lul was onlangs kwaad geworden toen een van de vrouwen een zware astma-aanval had en de ambulance gebeld moest worden. Zoals hij zeurde, zou je denken dat de arme vrouw het gepland had om hem dwars te zitten.

Ze kleedde zich snel om in haar joggingbroek, T-shirt en favoriete enkelhoge roze Converse-sneakers, stopte haar minirok in de plunjezak en nam haar handtas. De negenentwintigjarige was 1 meter 64 en had maat tweeënveertig. Ze keek er echt naar uit om over een paar maanden dertig te worden. De meeste vrouwen klaagden erover dat ze hun twintiger jaren achter zich hadden gelaten, maar voor Shelby betekende het dat ze weer een jaar had overleefd - ze leefde nog en dat was iets om blij om te zijn. Maar ze was ook alleen - iets wat ze niet leuk vond. Maar ze zou zich nooit inlaten met een man, alleen om hem te laten beseffen dat ze geen complete vrouw was en hem geen kinderen kon geven.

Ze sloot haar locker, pakte haar tassen en ging terug naar de zithoek. Meester Ian zat gehurkt voor Angie, die zich ergens zorgen over leek te maken, maar het was niet aan Shelby om zich met een Dom en sub te bemoeien. Ian stond op en overhandigde haar het ijszakje weer toen de deur naar de trap openging en Parker binnenkwam, zijn bruine ogen vonden haar meteen. Ze straalden nog steeds bezorgdheid en spijt uit, en Shelby voelde zich rot dat ze ieder avond had verpest.

Maar verdomme, wat was die man mooi. Hij was 1 meter 80 lang en hoewel hij niet zo knap was als Marco of Brody, had hij het lichaam van een man die gewend was aan handenarbeid. Zijn blonde kapsel was een beetje aan het teruglopen, maar dat deerde haar niet, ze vond hem nog steeds een tien op tien. Helaas was hij niet haar tien op tien.

Parker haastte zich naar haar toe en nam haar plunjezak van haar over.

'Kom maar, lieverd. Ik breng je naar huis. Tiny laat een van de bewakers ons volgen in jouw auto.'

'Maar, ik kan...'

'Niet bespreekbaar, Shelby.' Toen ze met tegenzin knikte, sloeg hij zijn arm om haar heen, trok haar tegen zijn zij en draaide zich naar Ian.

'Ik bel je morgen over het schema.'

Terwijl Ian bevestigend zijn hoofd knikte, leidde Parker haar via de trap, naar de lobby en naar buiten, de parkeerplaats op. De temperatuur was gedaald tot een koele elf graden, en Shelby had spijt dat ze haar sweatshirt niet had meegenomen toen er een rilling door haar heen ging. De Dom trok haar dichter tegen zich aan en ze zuchtte bijna bij zijn warmte. Haar auto stond vlakbij zijn truck geparkeerd en twee bewakers stonden hen op te wachten.

Parker kwam tot stilstand.

'Geef Kent je sleutels, lieverd. Anthony zal ons ook volgen en hem een lift teruggeven.'

Nadat ze haar sleutels had afgegeven, liet ze Parker haar in zijn truck helpen. Hij trok de veiligheidsgordel over haar schoot en klikte hem vast. Shelby vond het lief dat hij zo attent voor haar was, ook al had ze het zelf kunnen doen.

Hij is een Dom, ding-dong. Hij zou dit voor elke sub doen. Stop met over hem te zeuren en beheers je. Hij verdient iemand die zijn leven compleet kan maken en dat ben jij niet.

Zuchtend ging ze zitten voor de rit naar huis.

Hoofdstuk Drie

Drie maanden later

'Godverdomme.'

Zuchtend leunde Parker achterover in zijn bureau-stoel en buigde zijn verkrampte hand. Het enige wat hij haatte aan zijn bedrijf was de hoeveelheid papierwerk die nodig was voor bouwvergunningen, aankopen en offertes. En donderdag was het ergst omdat hij dan alle loonstroken moest ondertekenen zodat ze de volgende dag konden worden uitgedeeld. Hij was liever buiten bij zijn werknemers, spijkers aan het slaan op de bouwplaats van een nieuw winkelcentrum. In plaats daarvan was hij hier en bekeek en ondertekende hij een enorme stapel papieren die zijn secretaresse voor hem had voorbereid en na een uur was hij pas halverwege.

New Horizons had onlangs weer een groeispurt door-gemaakt en het werd tijd dat hij ging nadenken over uitbreiding van het kantoor en misschien een partner erbij. Een van zijn studievrienden lag in scheiding en omdat er geen kinderen bij betrokken waren, dacht hij erover om naar Tampa te verhuizen. Parker maakte een notitie om hem de komende dagen te bellen om te horen wat hij ervan vond om aan boord te komen. Het eerste wat hij zou doen was een loonbedrijf inhuren, want op donderdag was het klote om hem te zijn.

Hij opende en sloot zijn vuist, deed even zijn ogen dicht en dacht terug aan afgelopen zondagavond in de club. Het was zijn laatste schorsingsdienst geweest en hij was de DM van dienst die bij de spankingbanken stond. Alles was goed gegaan totdat Master Carter Shelby naar hem toe leidde voor een scène op een steenworp afstand van Parker. Haar kleur die avond was paars geweest, met haar pruik, beha en minirok met stippen zoals gewoonlijk. Verdomme, ze zag er zo schattig en heerlijk uit. En ze had alle oogcontact met hem vermeden, net zoals ze de afgelopen twaalf weken had gedaan. Twaalf *lange* weken.

Elke avond werd het moeilijker en moeilijker om Shelby met andere Doms te zien scharrelen. Ja, ze was selectief, maar hij begreep nog steeds niet waarom hij een van de mannen was die ze afwees. Er waren momenten geweest waarop ze aan de bar hadden gepraat, meestal met een paar andere mensen, en het leek erop dat ze het goed met elkaar konden vinden. Maar sinds de avond dat zijn broer haar had geslagen, was ze hem uit de weg gegaan. Hij nam het haar niet kwalijk dat ze boos was, hij had al vaak geprobeerd om zich te verontschuldigen, te beginnen toen hij haar naar huis had gereden.

Toen hij de parkeerplaats van Shelby's appartementencomplex opreed, was Parker blij om te zien dat ze in een leuke, veilige buurt woonde. Behalve dat ze hem de weg wees, was ze rustig gebleven tijdens de tien minuten durende rit en hij merkte dat hij meer wilde weten over haar leven buiten de club. Waar werkte ze? Had ze familie in de buurt? Wat deed ze graag voor de lol als ze niet in de club was?

Zodra hij de SUV in de parkeerstand had gezet, greep Shelby naar de deurklink. 'Bedankt dat je me hebt afgezet.'

Parker gromde. Oh, nee. Vanavond zou ze hem echt niet afwimpelen.

'Als je die deur opent, gooi ik je over mijn knie en geef ik je een pak slaag tot je niet meer kunt zitten. En als je denkt dat ik je op de parkeerplaats afzet, denk dan nog maar eens goed na, Shelby. Ik heb je mee naar huis genomen zodat ik voor je kan zorgen, en dit is de laatste keer dat ik het zeg: hier valt niet over te onderhandelen. Blijf zitten tot ik er ben en de deur voor je open doe'

Tevreden toen haar kaak, blik en hand allemaal naar beneden vielen, klom hij uit de truck en liep om de kofferbak heen. Kent had haar auto al geparkeerd en gooide hem de sleutels toe voordat hij bij de andere bewaker instapte en wegreed. Parker opende de passagiersdeur en stak zijn hand uit naar Shelby. Wanneer was de laatste keer dat ze met een Dom, of welke man dan ook, buiten de club was geweest? Iemand die haar behandelde als de dame die ze was en deuren voor haar opende of een stoel voor haar klaarzette zodat ze kon zitten.

De vragen vlogen door zijn hoofd toen ze haar hand in de zijne legde en ging staan. Haar huid was zacht en glad en toen ze hem losliet, moest hij een vuist maken om haar hand niet terug te pakken. Een halve stap achter haar en met haar plunjezak in zijn hand volgde hij haar naar haar flat, pakte haar sleutels en opende de deur. Ze aarzelde even voordat ze naar binnen liep en hij vroeg zich af of ze zich zorgen maakte over het feit dat ze alleen met hem was. Hij hoopte dat ze hem tenminste goed genoeg kende om te weten dat hij niet op zijn broer leek, die hij letterlijk binnen de deur van zijn motelkamer had laten vallen. De nu bij bewustzijn zijnde, maar groggy bastaard kon naar zijn bed kruipen of op de vloer slapen, het maakte Parker niet uit. Dave had geluk dat hij niet in coma was geslagen.

Parker zette haar tas naast de kast in de foyer, niet wetend waar Shelby hem wilde hebben, en volgde haar naar de kleine eetkeuken. Hij liep rechtstreeks naar haar koelkast, opende de vriezer en vond een ijspack. Nadat hij het in een handdoek had gewikkeld die hij van het handvat van haar oven had gehaald, gaf hij het aan haar.

'Leg dat even op je wang. Heb je alcohol, wijn of zo? Iets tegen het rillen'

'Ierse whisky. Onderste plank van de voorraadkast.'

Hij trok een wenkbrauw op, maar ging niet in op haar keuze omdat hij zelf ook wel een borrel kon gebruiken. Hij zocht de fles in de voorraadkast naast de koelkast, keek haar vragend aan en ze wees naar een bovenkastje naast de gootsteen. Hij pakte twee glazen met ijs, vulde ze voor een derde en zette de fles weer terug. Hij pakte de glazen en draaide zich naar Shelby.

'Ga in de woonkamer zitten en maak het je gemakke-lijk. Ik blijf maar even tot ik weet dat het goed met je gaat.'

Wat hij er niet aan toevoegde, was dat hij hoopte dat ze niet zou willen dat hij wegging. Opnieuw aarzelde ze, maar hij wachtte geduldig. Hij was vastbesloten om haar de zorgzame, zachte kant van hem te laten zien en misschien kon hij er dan achter komen wat ze tegen hem had. Toen ze eindelijk de weg naar haar woonkamer had gewezen, volgde hij haar en overhandigde haar een van de glazen nadat ze op de bank was gaan zitten. Er stonden twee fauteuils en een loveseat, maar hij koos de andere kant van de bank. Dichtbij genoeg om haar naar aardbeien ruikende shampoo in te ademen, maar ver genoeg weg om haar niet in de verdrukking te brengen.

'Je hoeft niet te blijven, Parker. Het gaat prima.'

'Wat heb je tegen me?' Oké, dat was niet wat hij uit zijn mond had verwacht, maar het was nu gezegd. Aan haar wijd opengesperde uitdrukking te zien, had ze het ook niet verwacht.

'Ik bedoel, wat heb ik gedaan waardoor je me ontwijkt?'

'I . . . Ik weet niet waar je het over hebt.' Parker rolde met zijn ogen.

'Doe niet zo, Shelby. Ik ben niet dom. Ik heb je twee keer gevraagd om in de club te spelen, en beide keren wees je me af, dus stopte ik met vragen. Het is duidelijk dat je niets met me te maken wilt hebben, dus vertel me waarom. Ik ben een grote jongen, ik kan er wel tegen. Is het mijn persoonlijkheid? Mijn uiterlijk? Heb ik een slechte adem? Wat?'

Ze likte haar lippen en zijn ogen richtten zich op de beweging. Hoofdschuddend stond ze op, liet haar drankje op de salontafel staan en begon door de kamer te ijsberen.

'Het is geen van die dingen. Ik bedoel, het ligt niet aan jou, maar aan mij.'

'Onzin. Ik haat dat verdomde cliché.' Hij stond op en

liet zijn onaangeroerde drankje op de tafel naast de hare vallen.

'Maar ik denk dat als dat alles is wat je te vertellen hebt, het geen zin heeft dat ik hier blijf. Het spijt me wat er met Dave is gebeurd. Je zult nooit weten hoeveel spijt ik daarvan heb.'

Hij haalde zwaar adem. Hij wist dat hij weg moest gaan, maar er was een ding dat hij eerst moest doen. Parker liep naar haar toe en omhelsde zachtjes haar gekneusde wang. Hij wachtte niet op een reactie, leunde voorover en kuste haar. Hij kuste haar voluit. Als dit zijn enige kans was, zou hij die grijpen. Heel even smolt ze in hem en zijn hart maakte een vreugdesprongetje, samen met zijn pik. Toen verstijfde ze en wist hij dat hij haar kwijt was. Hij had haar zelfs nooit gehad.

Hij liet haar los en keek haar aan met al zijn spijt en frustratie.

'Tot ziens, Shelby.'

Verdomme. Waarom kon hij die nacht niet achter zich laten? Die kus vergeten? Hij had zich vaker afgetrokken van die kus dan hij wilde tellen. Hij was helemaal gek geworden toen hij zag hoe Carter haar sloeg, haar kont vulde en haar tot meerdere orgasmes vingerde. Het was alles wat hij kon doen om de andere scènes in de gaten te houden om er zeker van te zijn dat er geen subs in gevaar waren. Wat hij echt had willen doen, was de andere Dom in elkaar slaan en nooit meer een andere man zijn lieve Shelby laten aanraken.

Ze is niet van jou, domme klootzak. En dat zal ze nooit zijn.

Zijn mobiele telefoon ging en hij kreunde toen hij de naam op het scherm zag.

'Hallo, moeder.'

'Parker, het is zo fijn om je stem te horen. Hoe gaat het, schat?'

Hij trok de telefoon weg van zijn oor en staarde er even verward naar. Parkers relatie met zijn moeder was bijna net zo slecht als die met zijn vader. Telefoontjes waren zeldzaam, en ze waren nooit alleen voor de gezelligheid. Er moest een andere reden zijn om te bellen, meer dan om gedag te zeggen zoals gewone mensen deden. Hij snoof, zijn familie was verre van gewoon.

'Met mij gaat het goed, moeder, en met jou?'

'Prachtig, schat. Ik vroeg me al af wanneer je van plan was om langs te komen. Het zou leuk zijn om je weer te zien. Ik kwam Cynthia Holloway gisteren tegen. Ze is terug naar Boston verhuisd en hoopte je te zien en bij te praten over vroeger.'

Oké. Er begon zich een beeld te vormen, maar hij kon er maar niet achter komen wat het was. Hij en Cynthia hadden samen op een particuliere middelbare school gezeten en haar ouders en de zijne waren goede vrienden. Ze waren ook vrienden die na hun afstuderen ieder hun eigen weg gingen, ondanks dat hun ouders erop stonden dat ze een stel zouden worden. Ze was mooi en lief, maar er was nooit een vonk tussen hen geweest. Hij had haar niet meer gezien sinds de bruiloft van zijn broer vijf jaar geleden, toen ze even bijgepraat hadden over elkaars leven.

'Ik weet niet zeker wanneer ik weg kan, moeder. Het is een drukke tijd voor me.'

'Te druk om je familie te bezoeken? Ik weet zeker dat je bedrijfje een paar dagen zonder je kan.'

Hij kon de valse pruillip en neerbuigendheid in haar stem horen en kromp ineen. Verdomme. Was zijn familie nep en snobistisch of wat?

'Moeder, de zaken gaan goed. Dus ja, ik heb het momenteel te druk om op bezoek te komen. Eigenlijk moet ik nog een telefoontje aannemen. Doe de groeten aan Cynthia.'

Hij wachtte niet op een antwoord en verbrak de verbinding. Terwijl hij met zijn wijsvinger over zijn onderlip wreef, vroeg hij zich af waar het telefoontje eigenlijk over ging. Zijn broer had de afgelopen drie dagen vijf keer gebeld, maar zodra Parker de eerste paar woorden van de voicemails had gehoord om er zeker van te zijn dat er niemand dood of gewond was, had hij ze gewist.

Een snurk kwam van de vloer naast hem en hij keek omlaag naar zijn Bullmastiff van vierenvijftig kilogram. Die hond kon slapen terwijl er een bom afging. Hij lag op zijn rug met alle vier zijn poten in de lucht alsof hij achter een gedroomde eekhoorn aanzat, de grote sufkop. Op dagen als deze was de mens jaloers op de hond, die zo'n eenvoudig, zorgeloos leven leidde, nu hij gered was door iemand die van hem hield. Geërgerd omdat hij van plaats wilde ruilen met een dier dat uit een toilet dronk, deed Parker het enige wat hij kon bedenken om Shelby en zijn opgefokte familie uit zijn hoofd te krijgen: hij viel de resterende stapel papierwerk aan.

Verdomme. Het wordt een lange dag.

* * *

Shelby staarde naar haar beeld in de spiegel en draaide zich om om de jurk van alle kanten te bekijken. Kristen Anders, bijna-Sawyer, had de meest flatterende bruidsmeisjesjurk uitgezocht die ze ooit had gezien. De marineblauwe, zijden jurk met een schouder stopte net boven de knie en kon gemakkelijk opnieuw gedragen worden voor een andere gelegenheid, in tegenstelling tot de jurk die Shelby nog steeds achterin haar kast had hangen van de bruiloft van haar nicht drie jaar geleden. Dat roze Pepto-Bismol-monster met ruches van satijn en tafzijde was afzichtelijk geweest, vooral in combinatie met de bijpassende parasol die ze had moeten dragen. Een rilling ging over haar rug bij de herinnering.

'Shelby, je ziet er fantastisch uit in die jurk,' piepte Kristen vanuit haar stoel in de showroom van de bruidswinkel, 'Ik ben zo blij dat we het er allemaal over eens waren, want hij is perfect voor iedereen. En ik denk niet dat je zoveel aanpassingen nodig hebt als de anderen.'

Angie Beckett, die nu verloofd was met Kristens toekomstige zwager, en hun vriendin Kayla London werden verzorgd door twee naaisters die hun jurken op alle juiste plaatsen vastspelden. Het vierde en laatste bruidsmeisje, Jenn Mullins, het nichtje van de Sawyer broers, had zich net voorzichtig omgekleed uit haar eigen jurk en probeerde zichzelf niet te steken met alle spelden die nodig waren geweest. Het was iets meer dan twee maanden voor de bruiloft en de meisjes hadden besloten om na het passen te gaan lunchen.

Shelby draaide zich om naar Kristen.

'Ik vind het prachtig en ik ben zo blij dat je voor navy hebt gekozen in plaats van zwart, dat is tegenwoordig zo uit. Heeft Will zijn smoking al uitgezocht?'

Will Anders, Kristens neef, zou haar getuige zijn omdat hij haar beste vriend en familielid was na haar scheiding van haar vreemdgaande eerste man. Will had haar beïnvloed om na de scheiding naar Tampa te verhuizen, waardoor ze Devon ontmoette en verliefd op hem werd.

Kristen knikte.

'Yup. We zijn laatst geweest en hebben besloten om voor een witte smoking te gaan omdat de rest van de Sexy Six-Pack en Devs broer Nick allemaal in hun marine pak lopen.'

De vrouwen lachten om Kristens bijnaam voor de zes voormalige Navy SEALs die samen het Trident Security team vormden. Naast haar verloofde Devon en zijn oudste broer Ian waren Marco, Brody, Ben Michaelson (ook bekend als Boomer) en Jake Donovan de rest van de knappe mannen.

'Dat is een van de redenen waarom ik voor een blush-kleurige jurk ben gegaan. Dat en het is mijn tweede, en laatste, bruiloft. Ik zweer dat ik dit nooit meer meemaak. Het is veel te stressvol.'

Shelby schonk haar een halfslachtige glimlach. Wat ze er niet voor over zou hebben om alles anders te laten zijn en de stress van het plannen van haar eigen brui-loft te ervaren. In plaats daarvan was ze gestrest over de testresultaten, die morgen binnen zouden komen. Vorige week had ze tijdens het douchen een knobbeltje onder haar linkerarm gevonden en meteen een biopsie bij haar oncoloog ingepland. De meeste mensen zouden hebben aangenomen dat het een ingegroeide haar was of zouden een paar weken hebben gewacht om te zien of het zou verdwijnen. Omdat Shelby al eerder kanker had gehad, was ze zich goed bewust van de verschillende tekenen en symptomen waar ze op moest letten.

Ze was bang voor het woord dat haar dokter zou zeggen, lymfoom. Hopelijk was ze er weer vroeg bij en zou het te behandelen zijn. Van alle kankersoorten die er zijn, zijn de statistieken voor remissie het hoogst voor kanker van de lymfeklieren. Ze had de grote "K" al eerder verslagen en ze kon het weer doen. Voor nu zou ze proberen te genieten van het dagje uit.

'Ik denk dat de blush kleur perfect bij je past.' Toen de naaister haar vertelde dat ze klaar was om haar op te spelden, stapte Shelby naar de verhoging waar Angie net vandaan was gekomen.

'En de jurk is prachtig. Devon gaat kwijlen als hij je ziet.'

Jenn giechelde toen ze naast Kristen kwam zitten. 'Oom Devon kwijlt elke keer als hij haar ziet.'

'Dat is waar.'

'En jij, Shelby?' vroeg Jenn, 'ik weet dat je nooit getrouwd bent geweest, maar ben je er ooit dichtbij geweest?'

Ze hield de rest van haar lichaam stil voor de naaister en schudde haar hoofd.

'Nope. En ik denk niet dat ik ooit zal trouwen.' Kayla stapte van haar stijger.

'Waarom niet? Meid, je hebt Doms die over zichzelf struikelen om bij je te komen. Vooral Parker.'

Parker. Alleen al het horen van zijn naam maakte haar nat en liet haar terugdenken aan die ene kus die ze hadden gedeeld. Heel even had ze zich aan hem overgegeven. Ergens in de afgelopen maanden was ze gestopt met zichzelf wijs te maken dat ze gesmolten was omdat hij haar overrompeld had. De echte reden was de elektriciteit die van haar lippen naar haar kut was geschoten.

Verdomme, die man kon zoenen. Heet. Nat. Veeleisend. Ze had bijna toegegeven en hem gesmeekt om met haar naar bed te gaan, totdat ze zich alle redenen herinnerde waarom dat een slecht idee was. Toen had ze zichzelf in slaap gehuild nadat hij de deur uit was gelopen, en sindsdien had ze hem vermeden. Nu de kans groot was dat haar kanker terug zou komen, was ze ervan overtuigd dat ze de juiste beslissing had genomen.

Ze haalde haar schouder op.

'Hij is leuk, maar ik ben niet op zoek naar iets blijvends. Ik ben graag single.' Shit. Zelfs zij geloofde die leugen niet toen ze merkte dat de andere vrouwen elkaar aankeken. Dit kon ze maar beter in de kiem smoren voordat ze aan hun matchmaking zouden beginnen.

'Bovendien passen we niet bij elkaar. Yummy Carter is meer mijn type en hij zal zich nooit settelen. Ik kan nog steeds niet geloven dat hij die mannen heeft vermoord die Kat ontvoerd hebben en Boomers vader hebben neergeschoten. Boomer moet zo opgelucht zijn dat ze in orde is en dat zijn vader het ook zal halen.'

Kat was het schoolvriendinnetje van de Dom, van wie hij dacht dat ze jaren geleden gestorven was. Maar het lot wilde dat ze met haar vader in het getuigenbeschermingsprogramma zat omdat Russische gangsters achter hem aanzaten en zijn vrouw en zoon hadden vermoord. Kat is onlangs weer opgedoken en rende naar Boomer voor hulp toen ze zich realiseerde dat iemand haar stalkte nadat haar vader een paar maanden eerder echt was gestorven.

'Nou, hij is opgelucht dat het goed komt met Rick en dat hij dit weekend wordt vrijgelaten, maar Boomer is door het dolle heen omdat Kat hem heeft verlaten. We weten niet wat er mis is gegaan met hen, maar ik hoop dat het goed komt. Ik denk dat ze perfect voor elkaar zijn.' Kristen snoof.

'Oh, en ik zou er niet te zeker van zijn dat Carter zich niet zal settelen. Ik denk dat er wel een vrouw is die hem op zijn plaats zet. Tot die tijd kan de rest van ons van hem genieten, nou ja, sommigen van ons, want Kayla doet niet aan mannen, Angie en Ian delen niet en Jenn ziet hem als een oom.'

Shelby draaide zich om voor de naaister en zuchtte opgelucht toen de anderen het gesprek veranderden in waar ze zouden gaan lunchen. Het laatste wat ze nodig had was dat ze erachter kwamen dat ze er heimelijk naar verlangde om Parker Christiansens onderdanige en, jawel, zijn vrouw te zijn. Maar dat zou nooit gebeuren.

Hoofdstuk Vier

Het was al meer dan twee weken geleden dat Parkers schorsing was opgeheven en hij had nog steeds niet in de club gespeeld. Het was niet omdat geen van de subs een scène met hem had aangevraagd, maar omdat hij ze allemaal had afgewezen. Hij kon Shelby maar niet uit zijn gedachten krijgen, vooral omdat hij haar niet meer had gezien sinds de avond dat ze met Carter, de lul, had gespeeld, de laatste avond van Parkers schorsing.

Verdomme. Hij moest zijn emoties onder controle krijgen. De andere Dom had niets verkeerds gedaan, maar hij was wel de laatste die Parker Shelby tot een orgasme had zien brengen. Carter was een aardige vent. Maar van wat Parker begreep, kon de man hem vermoorden zonder met zijn ogen te knipperen. Niet het type persoon dat je kwaad wilde maken.

Als Shelby er vanavond weer niet was, zou Parker naar haar huis rijden om uit te zoeken waar ze was. Was ze gestopt met komen omdat hij weer vrij was om te spelen en ze niet wilde dat hij weer met haar probeerde te onderhandelen? Hij dacht niet dat dat de reden was. In het verleden was ze streng geweest toen ze hem had afgewezen. Maar vanavond zou hij erachter komen wat ze tegen hem had en dan zou hij het oplossen, want hij was meer dan geobsedeerd door haar.

Elke keer als hij zijn lippen likte, herinnerde hij zich hoe ze had gesmaakt. Voor dat korte moment had ze zich aan hem overgegeven en hij was ervan overtuigd dat als hij haar vastberadenheid zou verminderen, hij haar voor zich zou kunnen winnen. Iets weerhield haar ervan om exclusief van hem of een andere Dom te worden en hij was vastbesloten om uit te vinden wat dat was.

Na twee hele tochten door de club, waarbij hij aan de meeste subs en een paar Doms had gevraagd of ze haar hadden gezien, wist hij dat hij van tactiek moest veranderen. Niemand leek te weten waar ze was of waarom ze er niet was. Toen hij om zich heen keek, zag hij Ian of Devon nergens, dus ging hij op weg naar Mitch, die met een paar leden aan de bar stond te praten.

Toen er een onderbreking in het gesprek kwam, klopte hij de manager op de schouder.

'Kan ik je even in je kantoor spreken?'

Mitch knikte. Het was niet ongewoon dat de man verzoeken kreeg voor een privégesprek.

'Natuurlijk.' Hij richtte zich tot de groep waarmee hij had gesproken.

'Als jullie me willen excuseren... Ik ben zo terug.'

Parker volgde hem naar de andere kant van de eerste verdieping. Aan deze kant was er ook een fetisjwinkel met seksspeeltjes, pruiken, lingerie en alles wat de leden maar wilden kopen. Ze namen de gang rechts van de winkel, die naar de kantoren en de voorraadkamer leidde. Mitch ontgrendelde zijn kantoordeur met een scan van zijn handpalmafdruk. Zo werden alle deuren en poorten op het terrein geopend. Het systeem kon ook iemand alleen toegang geven tot bepaalde plaatsen. Parker wist dit omdat hij aan de binnenkant van alle gebouwen had gewerkt.

Parker sloot de deur achter zich en nam plaats aan de andere kant van het bureau, terwijl Mitch in zijn stoel erachter ging zitten. Hij nam de moeite niet beleefd te blijven.

'Waar is Shelby?'

Mitch trok een wenkbrauw naar hem op en ging toen weer in zijn stoel zitten.

'Waarom denk je dat ik weet waar ze is?'

'Hou me niet voor de gek, Mitch, ik ben niet in de stemming. Jij en Ian weten alles over iedereen hier. Vooral van de subs. Als een van hen plotseling niet meer zou komen, zou je van tevoren weten waarom of je zou op hun deur bonzen om uit te vinden wat er aan de hand was. Wat is er aan de hand met Shelby? Ze is hier al twee weken niet geweest.'

De andere man zuchtte.

'Ik mag het niet met je bespreken, Park. Het spijt me. Maar ik wist niet dat je in haar geïnteresseerd was, aangezien ik jullie nooit samen heb zien spelen.'

'Nou, het is niet omdat ik het niet geprobeerd heb,' mompelde hij, 'verdomme, kun je me op zijn minst een hint geven? Heeft ze met iemand een contract getekend? Is ze nog steeds lid?'

Mitch hield zijn hoofd schuin en dacht even na. Parker wilde naar de overkant van het bureau reiken en de informatie uit de man schudden, maar dan zou hij zeker uit de club gegooid worden, dus wachtte hij af.

Er ging bijna een volle minuut voorbij voordat Mitch een besluit leek te nemen.

'Ze is nog steeds lid en heeft voor zover ik weet met niemand een contract getekend. Ik kan alleen maar zeggen dat ze om persoonlijke redenen een tijdje vrij heeft genomen van de club.'

Er was meer aan de hand, daar was Parker van overtuigd. De eigenaars waren zeer beschermend over de subs van de club en wisten bijna alles over hen, daarom was hij in de eerste plaats naar Mitch gekomen.

'Heb je haar niet naar huis gereden op de avond dat je lullige broer hier was?'

'Ja.' Zijn bloed begon weer te koken, zoals altijd als hij zich herinnerde hoe Dave Shelby had geslagen. Sindsdien had hij niet meer met die klootzak gesproken, hoewel zijn broer talloze berichten op zijn voicemail had achtergelaten om zijn excuses aan te bieden. Parker accepteerde daar niets van.

'Wat doe je dan hier in mijn kantoor?'

Hij had het door. Mitch zou het vertrouwen van een lid niet schenden, maar niets zou Parker tegenhouden om naar haar flat te gaan en op haar deur te bonken. Toen hij stond, hield Mitch hem tegen met zijn hand omhoog.

'Een ding, Park, doe het rustig aan met haar. Oké?' Zijn wenkbrauwen fronsten.

'Wat bedoel je?'

'Als ze het je niet wil vertellen, trek je dan terug. Ik meen het. Als ik erachter kom dat je er eigenzinnig heen bent gegaan, hebben we een probleem, jij en ik. Ik denk dat ze op dit moment een zorgzame Dom nodig heeft, geen overheersende. Dat is alles wat ik ga zeggen.'

Parker was in de war. Wat was er in godsnaam mis met haar? Hij wist dat hij niet meer informatie zou krijgen, knikte en haastte zich het kantoor uit. Vanavond zou hij erachter komen wat er met haar aan de hand was, en dan zou hij het oplossen voordat hij haar zou vertellen dat hij vast van plan was haar de zijne te maken. Het werd tijd dat Shelby Whitman een fulltime Dom kreeg ... en dat zou hij worden.

Nadat ze het toilet had doorgespoeld, greep Shelby naar het mondwater. Haar maag reageerde heftig op de tweede ronde chemo en ze had moeite om haar eten binnen te houden. Er zou snel iemand van de apotheek komen om haar nieuwe recept voor anti-misselijkheids-pillen te brengen. Ze was ze vergeten op te halen toen ze twee dagen geleden het behandelcentrum verliet en had daar sinds vanmiddag spijt van. De eerste ronde chemo had haar niet op deze manier beïnvloed, maar er was haar verteld dat ze een cumulatief effect kon verwachten naar-mate de behandelingen vorderden. Gelukkig was de apotheek vanavond laat open en hadden ze een bezorgdienst.

Terwijl ze naar haar spiegelbeeld staarde, kromp ze ineen. Hopelijk zou ze vannacht goed slapen en er morgenochtend beter uitzien. Als iemand haar nu zag, zouden ze denken dat ze griep had of zo. Hoewel iemand met griep er waarschijnlijk beter uitzag dan dit, rode ogen, bleek gezicht, haar dat alle kanten uit stak en haar favoriete flanellen pyjama aan omdat ze het zo koud had. Terugdenkend was dit erger dan toen ze bestraald werd na de verwijdering van haar eierstokken en de hysterectomie zesenhalf jaar geleden. Tenminste, dat dacht ze.

Terwijl ze naar de bank in de woonkamer schuifelde, ging de deurbel. In de hoop dat het haar recept was, haastte ze zich naar de deur en opende hem zonder te kijken wie het was. *Verdomme.* Ze had eerst door het kijkgaatje moeten gluren.

'Parker? W-wat doe jij hier?'

De man trok een wenkbrauw op en sloeg zijn armen over elkaar. *Oh, shit.* Hij was in volledige Dom-modus, compleet met zijn clubpak en laarzen. Het nauwsluitende T-shirt benadrukte zijn sterke schouders en borst. Aan de uitdrukking op zijn gezicht was te zien dat er iets mis was.

'Jou controleren. En zo te zien ben ik daar blij om. Waarom ben je de laatste tijd niet naar de club geweest? Ben je de hele tijd ziek geweest?'

Shelby probeerde haar ziekte te bagatelliseren.

'Het is gewoon griep. Over een paar dagen ben ik weer beter.'

Zijn frons zei dat hij haar niet geloofde.

'De griep duurt geen twee weken, Shelby.'

'Nou, ik had nog wat andere dingen die ik vorige week moest regelen. Ik ben snel weer terug. Bedankt voor het langskomen.' Toen ze de deur dicht wilde doen, stak hij zijn voet uit, zodat ze hem niet helemaal dicht kon doen. Beweging over zijn schouder trok haar aandacht en ze besefte dat de chauffeur van de apotheek was gearriveerd.

'Mevrouw Whitman?'

Ze zuchtte toen Parker zich omdraaide om de studentikoze bezorger aan te kijken.

'Ja, ik ben Shelby Whitman. Bedankt voor het brengen.'

'Geen probleem,' hij overhandigde haar een klembord, 'hier tekenen, alstublieft. En meneer Carlson zei dat ik u moest vertellen dat hij een zakje gembersnoepjes en gemberthee had gestuurd, gratis. Hij zei dat veel van zijn patiënten met chemo merken dat ze helpen tegen de misselijkheid in combinatie met de medicijnen.'

Shelby huiverde toen parkers kaak naar beneden viel, zijn ogen open sprongen en zijn vuisten gebald werden. *Shit.* Ze ondertekende het formulier en gaf het terug aan de chauffeur, die zich duidelijk niet realiseerde dat hij een bom had laten vallen tussen de andere twee mensen.

'Bedankt. Wacht even, alsjeblieft.'

Ze wilde net haar portemonnee pakken voor een fooi, maar Parkers gegrom hield haar tegen. Hij haalde zijn portemonnee tevoorschijn, overhandigde het kind een twintigje en nam toen de apothekerstas.

'Bedankt. Ik zal ervoor zorgen dat mevrouw Whitman alles inneemt.'

Blij met de grote fooi zwaaide de chauffeur terwijl hij naar zijn auto liep.

'Geen probleem. Als je nog iets nodig hebt, bel ons dan.'

Shelby probeerde de tas van Parker af te pakken, maar de frons op het gezicht van de Dom zorgde ervoor dat ze achteruit de foyer in liep. Verdomme, ze zat zo diep in de problemen.

* * *

Chemo? Ze leed aan de gevolgen van chemotherapie en probeerde hem wijs te maken dat het de griep was? Dit kon niet waar zijn. Zijn maag draaide zich om toen het besef doordrong, zijn lieve Shelby had kanker. En Mitch had het geweten. Dit was waar hij het over had gehad. Of wisten de clubeigenaren echt wat er aan de hand was?

Parker kon zich niet voorstellen dat een van de Doms van The Covenant haar dit alleen zou laten doormaken. Maar Mitch had in een ding gelijk: Sheby had nu een zachtaardige Dom nodig, geen arrogante. Toen ze achteruit stapte, weg van hem, besefte hij dat hij haar bang maakte. Hij probeerde de spanning die door hem heen gierde te verminderen en volgde haar naar binnen, waarbij hij de deur achter zich sloot.

Nu hij wist wat er mis was, kon hij haar goed verzorgen. Eerst het belangrijkste. Hij liep langs haar heen, ging de keuken in en pakte prompt haar theeketel van het fornuis om die met water te vullen. Hij opende het kastje waar hij zich herinnerde dat haar glazen stonden en vond een koffiemok. Toen haalde hij het medicijnflesje uit het zakje en las het etiket. Al die tijd wist hij dat Shelby stilletjes in de deuropening naar hem stond te kijken.

'Er staat dat je eerst een pil moet nemen en als het nodig is, kun je er nog een nemen.'

Hij vulde een glas met water, gaf het samen met een pil aan haar en keek toe hoe ze plichtsgetrouw de medicijnen innam. Haar bleke gezicht en ingevallen ogen baarden hem zorgen.

'Ga maar liggen. Ik zie dat je uitgeput bent. Ik breng de thee als die klaar is.'

'Je hoeft dit niet te doen. Ik kan voor mezelf zorgen.' Hij nam het glas van haar over en draaide zich naar de gootsteen.

'Niet bespreekbaar, Shelby. Tenzij je straf wilt krijgen voor als je je weer beter voelt, stel ik voor dat je de bevelen opvolgt. Ga liggen.'

Ze staarde hem even aan, maar hij gaf niet op. Shelby had iemand nodig die voor haar zorgde, en of ze het zich nu realiseerde of niet, hij had zich net opgegeven voor die baan. Uiteindelijk gaf ze gehoor aan zijn bevel.

Hij hield er niet van hoe ziek ze eruitzag. Nadat hij wat informatie van haar had gekregen, zou hij zijn laptop uit de truck halen en wat onderzoek doen terwijl zij sliep.

Toen het kokende water klaar was, schonk hij het in de mok en liet het theezakje trekken. Hij opende haar voorraadkast, vond een potje honing en deed er wat van in de dampende thee. Omdat Shelby honing in huis had, was het een goede gok dat ze die ook in haar thee gebruikte. Nadat hij het zakje had uitgewrongen en in de vuilnisbak onder de gootsteen had gegooid, vond hij een lepel in een van de lades en roerde hij in de verwarmde drank. Op weg naar de woonkamer, waar hij haar de tv had horen aanzetten, pakte hij het zakje gembersnoepjes.

Shelby zat op de bank naar het nieuws te kijken en hij keek haar fronsend aan.

'Je hoort te liggen, lieverd.'

'Ik kan geen thee drinken als ik lig, *Sir*.'

Hij pauzeerde bij haar snedige gebruik van de titel, trok een wenkbrauw op en overhandigde haar de thee.

'Drink op, brat. En waar kan ik een deken voor je vinden? Ik wil dat je comfortabel zit terwijl we praten,' hij hield een hand op toen bleek dat ze met hem in discussie zou gaan, 'niet bespreekbaar.'

Ze slaakte een zware zucht en wees naar de gang achter hem.

'Je houdt veel te veel van die twee woorden. In de linnenkast naast de badkamer, onderste plank.'

Knikkend draaide hij zich om en pakte een zware, gebreide dekentje. Terwijl ze haar thee dronk, sloeg hij de deken om haar heen, ging terug naar de keuken en vond haar fles Ierse whisky. Hij had een borrel nodig voor dit gesprek. Het enige wat hij tot nu toe kon bedenken was dat als ze chemo kreeg, de kanker nog niet als terminaal werd beschouwd. En hij bad dat het nooit zover zou komen. De wereld zou veel donkerder zijn als juffrouw Shelby Whitman er niet was.

Toen hij de woonkamer weer inliep, zette ze het bijna lege kopje op de salontafel en zwaaide haar benen op de bank. Hij pakte een tweede kussen en stopte het bij het kussen onder haar hoofd.

'Comfy?'

'Ja, dank je wel. Het spijt me dat ik zo bitcherig deed. Ik heb de hele avond overgegeven en ik ben moe en heb pijn.'

Hij ging in de zetel tegenover haar zitten en nipte van zijn whisky.

'Dat begrijp ik. Wat ik niet begrijp, is waarom je dit geheim hebt gehouden en waarom niemand hier is om je te helpen.'

Terwijl ze verder omlaag schuifelde, draaide ze zich om en ging op haar zij liggen. Haar ogen werden zwaar.

'Ik wilde niemand ongerust maken. En ik wil niemand tot last zijn. Mijn ouders zijn al een paar jaar overleden en mijn enige zus woont in Michigan met haar eigen familie. Ik wilde niet dat een van mijn vrienden zich verplicht zou voelen om te helpen, dus hield ik het voor mezelf. Ik heb dit al eerder meegemaakt, dus ik weet wat ik kan verwachten en wat ik moet doen.'

'Wat?' hij keek haar geschokt aan, 'Heb je al eens kanker gehad? Wanneer?'

'Bijna zeven jaar geleden. Ik ben toen wel bestraald. Geen chemo. Ik was zes jaar in remissie. Iets meer dan twee weken geleden vond ik een knobbeltje onder mijn arm en ik belde meteen mijn oncoloog. Uit de biopsie en andere tests bleek dat het lymfoom was. Non-Hodgkin's. Stadium een. Ik ben vorige week met chemo begonnen en dit was mijn tweede ronde.'

Zijn schok veranderde in woede, maar hij probeerde het niet te laten merken. Ze ging dit echt niet alleen doorstaan. Mentaal formuleerde hij een plan en hij wist dat ze er niet blij mee zou zijn, maar hij gaf haar geen keus.

Hij opende zijn mond, sloot hem snel weer en staarde haar aan. Ze was vast uitgeput, want binnen een paar seconden na het sluiten van haar ogen was ze in slaap gevallen.

Yup. Shelby had een nieuwe Dom in haar leven, en als Parker er iets over te zeggen had, zou het blijvend zijn.

Hoofdstuk Vijf

Shelby ontwaakte met de geur van koffie en was dankbaar dat haar misselijkheid deze ochtend minimaal was.

Wacht even... koffie?

Toen herinnerde ze zich Parker. Hij moet de hele nacht gebleven zijn, want het was iets na zevenen en op de een of andere manier was ze in haar bed beland. Ze rekte zich uit, keek om zich heen en raakte in de war. Netjes naast haar kast stonden haar twee koffers en een aantal plunjezakken . . en zo te zien waren ze vol.

Wat is hij van plan?

Eerst moest ze dringend naar toilet. Ze klom uit bed en schuifelde naar de badkamer, waar ze eerst voor zichzelf zorgde. Waarom was hij gebleven? Ze gaf het niet graag toe, maar het was fijn om te weten dat hij was gebleven, zelfs nadat ze onbeleefd tegen hem was geweest en nog geen vijf minuten nadat ze op de bank was gaan zitten in slaap was gevallen.

Nadat ze haar handen en gezicht waste, poetste ze

haar tanden en ging toen naar de keuken. Parker zat aan haar eettafel met zijn rug naar haar toe en ze nam even de tijd om hem te bestuderen. Hij was aan het typen op zijn laptop en praatte zachtjes op zijn mobiel. Zo te horen had het met een werf te maken. Hij had haar vast niet horen opstaan en probeerde stil te zijn om haar niet wakker te maken.

Hij droeg niet langer zijn leren broek en laarzen, maar een sweater, een nieuw T-shirt en gympen. Of hij was weggegaan en weer teruggekomen, of hij had reservekleren in zijn truck. Als ze moest raden, was het het laatste. Naast zijn laptop stond een kop koffie. Hoe zou het zijn om elke ochtend wakker te worden met dit huiselijke tafereel?

'Hé, ik hoorde je niet binnenkomen. Heb je honger?' Ze was verdwaald in haar dagdroom en had niet gemerkt dat hij zijn telefoon ophing.

'Eh ... een beetje. Ik maak even wat toast. Dat blijft wel binnen.' Hij stond op en hield de stoel naast hem voor zich uit.

'Ga zitten, ik pak het wel. Boter of jam?' Verbijsterd keek ze toe hoe hij haar keuken overnam alsof hij er al jaren woonde, haar brood tevoorschijn haalde en twee stukken in haar broodrooster stopte. Ze kreeg een warm, donzig gevoel toen ze ging zitten.

'Um ... een beetje boter en wat honing, alsjeblieft.' Een glimlach verspreidde zich over zijn gezicht.

'Boter en honing dus. Iets te drinken? Ik weet niet zeker of koffie goed op je maag ligt.'

'Melk, alsjeblieft.' Nadat hij het volle glas voor haar

neerzette en zich omdraaide om haar toast klaar te maken, beet ze op haar onderlip.

'Is er een reden waarom mijn koffers gepakt klaarstaan?'

'Ja. Je komt bij mij logeren terwijl je je behandelingen ondergaat.' Shelby's mond viel open. Dat kon hij niet menen.

Toen hij haar toast bracht, zag ze aan zijn gezichtsuitdrukking dat hij het wel meende.

'D-dat kan ik niet doen. Ik bedoel, je hebt je bedrijf en zo.'

Hij haalde zijn stoel tevoorschijn en draaide hem voordat hij op de stoel ging zitten.

'Je kunt het, en je zult het doen. Wat mijn bedrijf betreft... Ik ben de baas. Af en toe moet ik er op uit om dingen te controleren. Ik kan veel dingen vanuit huis doen met mijn computer en telefoon. Daarom heb ik voormannen die voor me werken.' Zijn stem verzachtte.

'Je hebt iemand nodig die over je waakt, Shelby. En die iemand ben ik.' Hij grijnsde.

'Niet onderhandelbaar. Ik heb zelfs een contract tussen ons opgesteld.'

Ze nam het document aan dat hij haar overhandigde en scande het geschokt. Allemachtig, hij was bloedserieus.

'Ik heb het basiscontract van de club gebruikt. Het komt erop neer dat ik de leiding heb over je fysieke, emotionele en mentale welzijn terwijl je je chemo ondergaat. Het enige wat ik van je verwacht is gehoorzaamheid en de belofte dat je alles zult doen wat in je macht ligt om deze kanker de baas te worden. Ik heb zelfs een nonseksueel contact clausule onderaan toegevoegd, zodat je je geen zorgen hoeft te maken dat ik je probeer te versieren. Maar goed, het zou me tot een eikel maken als ik een vrouw in jouw huidige conditie een voorstel zou doen.'

Haar ogen vulden zich met tranen. Het was zo lang geleden dat ze iemand had gehad om op te steunen. Haar ouders hadden haar verzorgd de laatste keer dat ze ziek was, maar zij waren intussen overleden.

Ze schraapte de brok in haar keel weg en schudde haar hoofd, 'ik kan je niet vragen dit te doen, Parker.'

'Ik kan me niet herinneren dat ik wilde dat je het aan mij vroeg. Je hebt iemand nodig die voor je zorgt en dat kan ik. Ik heb al veel onderzoek gedaan naar Nonhodgkin en ik heb een heleboel vragen voor je dokter. Ik heb zijn naam van je medicatieflesjes en heb een afspraak gemaakt voor morgen. Ik zie in het schema dat je op de koelkast hebt geplakt dat je volgende behandeling maandag is. Hoe zit het met je werk? Kun je verlof nemen? Ik wil niet dat je werkt tijdens dit alles. Ik weet niet eens wat je voor de kost doet. Ik bedoel...'

Hij was op dreef en ze moest hem tegenhouden.

'Parker wacht. Dit is allemaal te veel. Ik kan niet bij je intrekken. Besef je wel dat ik minstens de komende zes weken chemo krijg? Ik werk op de personeelsafdeling bij Tri-Labs. Mijn baas is al boos genoeg dat ik zes maandagen na elkaar vrij moet hebben. Ik moest gisteren vroeg weg en nam vandaag vrij omdat ik ziek was. Ik kan niet nog meer verlof nemen.'

Zijn ogen vernauwden zich.

'Waarom niet? Volgens de wet moeten ze het je geven.

Als je wilt, zal ik met je baas praten en hem zeggen dat hij ofwel de vrije tijd kan goedkeuren of op zijn donder kan krijgen. En als je je zorgen maakt over de financiën, ik kan alles dekken tot je beter bent. Er is genoeg ruimte in mijn huis en omdat ik een beetje een sloddervos kan zijn, heb ik een huishoudster die twee keer per week komt. Ik zal ervoor zorgen dat ze vaker komt. Je hoeft je nergens zorgen over te maken, behalve over beter worden.'

Was hij gek? Was ze aan het dromen?

'Waarom?'

'Waarom wat?'

'Waarom doe je dit allemaal?'

Parker pakte haar hand en bracht die naar zijn lippen. 'Omdat ik een Dom ben en omdat ik om je geef. Is dat niet genoeg?'

<hr>

God, hij hoopte dat het genoeg was. Dat waren precies de redenen waarom hij dit deed. De bonus was echter dat hij haar beter zou leren kennen en andersom. Een ding zat hem nog steeds dwars en dat moest hij haar vragen.

'Vertel me eens. Waarom hebben Mitch of Ian niet aangeboden om je te helpen? Ik weet verdomd goed dat geen van hen je dit alleen had laten doorstaan. Wat heb je ze verteld?'

Shelby haalde haar schouders op en beet op haar onderlip.

'Ik heb het een beetje gebagatelliseerd. Ik vertelde ze dat ik wat persoonlijke familiekwesties had en dat ik mijn lidmaatschap een paar weken moest opschorten. Ze wilden helpen, maar ik zei dat het wel goed zou komen. Geloof me, ze deden erg hun best om erachter te komen wat er aan de hand was. Nogmaals, ik wilde niet dat iemand zich verplicht voelde om te helpen.'

Parker schudde zijn hoofd en gromde.

'Je zit al jaren in deze levensstijl, Shelby. Je weet verdomd goed dat we een hechte gemeenschap zijn. Niemand zegt dat ze willen helpen omdat ze zich verplicht voelen. Ze zeggen het omdat ze om je geven en weten dat als de situatie omgekeerd was, jij er voor ze zou zijn. Ze houden van je, schat. Je bent familie voor iedereen bij The Covenant. Waarom zie je dat niet?'

Haar ogen vulden zich met tranen. Hij stond voor haar en trok haar in zijn armen. Het was niet zijn bedoeling geweest om haar aan het huilen te maken. Ze moest horen dat ze niet de enige was in deze strijd. Toen ze huiverend ademhaalde, hield hij haar steviger vast.

'Laat het me een paar mensen vertellen. Je hebt hulp nodig, of je het nu beseft of niet. Jij trekt bij me in. Voor het geval ik even weg moet voor zaken, wil ik iemand kunnen bellen om bij je te blijven."

Ze trok zich terug om hem aan te staren.

'Ik heb geen oppas nodig, Parker. Ik ben een volwassen vrouw.'

'Ik zei niet dat je een oppas nodig had. Ik zei dat je je vrienden en familie nodig had. Ze zouden zich gekleineerd voelen als je niet naar hen toekwam toen je ze het hardst nodig had.' Hij liet haar los en overhandigde haar een servet om haar ogen en neus af te vegen.

'Je gaat zeggen dat hier niet over te onderhandelen valt, is het niet?'

Ze snoot haar neus. Hij kon het niet helpen, hij vond zelfs dat schattig toen ze dat deed.

'Ja, dat doe ik. En of je het nu toegeeft of niet, het is wat je wilt dat ik zeg. Nu, eet, en kijk dan of je nog iets nodig hebt dat ik niet heb ingepakt. Ik heb je kleren, ondergoed, toiletartikelen, pyjama's, medicijnen en alles wat ik nog meer kon bedenken in je koffers gestoken. Ik heb ook de oplader van je mobiele telefoon en je e-reader meegenomen.'

'Wow. Je hebt aan alles gedacht, hè?'

Hij knipoogde naar haar terwijl hij zijn laptop afsloot en terug in de draagtas stopte.

'Ik hoop het. Voor het geval dat, kun je beter even kijken. Ik kom straks terug met een koelbox en maak je koelkast leeg zodat er niets bederft. Oh, je bent toch niet allergisch of bang voor honden?'

'Nee, waarom? Heb je er een?'

Hij pakte zijn nu koude koffie, gooide hem in de gootsteen en maakte de mok schoon.

'Ja. Ik heb altijd van dieren gehouden, maar mocht ze niet toen ik opgroeide. Mijn ouders waren geen dierenliefhebbers, sterker nog, ze waren niet eens kinderliefhebbers. Hoe dan ook, ik heb mijn buurman gebeld en hem gevraagd Spanky gisteravond en vanochtend uit te laten.'

Shelby verslikte zich in haar melk.

'Spanky? Heb jij een hond die Spanky heet?'

Er ontsnapte hem een grinnik en een ondeugende grijns. Hij legde zijn ene hand over zijn hart en hield zijn andere omhoog.

'Ik zweer het, het is de naam die ze hem gaven in het dierenopvangcentrum. Het was te ironisch om te veranderen.'

De lyrische lach die uit haar mond kwam, vulde zijn hart. Het was fijn om haar sprankelende persoonlijkheid weer eens te zien. Twee weken was veel te lang om haar niet te zien lachen en haar ogen te zien oplichten van vermaak. Hij beloofde toen en daar om haar zo vaak mogelijk aan het lachen te maken, zolang ze dat toeliet.

Hoofdstuk Zes

'Is dit is jouw huis? Het is prachtig.' Shelby kon het ontzag in haar stem niet onderdrukken. Het gelijkvloerse ranchhuis was prachtig, met een prachtige tuin erom heen. De buurt was op dit moment rustig, maar ze kon zien dat er veel jonge gezinnen woonden door de junglegym in sommige achtertuinen, samen met de fietsen en het speelgoed op een paar opritten. Ze passeerden een basisschool en een park twee straten verderop, waardoor het een ideaal gebied was om kinderen groot te brengen. Ze verdrong de gedachte uit haar hoofd.

'Ja. Een van de voordelen van een aannemer te zijn. Dit was een inbeslagname en moest dringend gerepareerd worden toen ik het kocht. De buren waren dolblij toen ik het renoveerde.' Parker reed naar de garage voor twee auto's en zette de motor af.

'Blijf daar, ik doe de deur open.'

Ze zuchtte en wachtte. Hij behandelde haar niet echt als een invalide, want gewone beleefdheden, zoals deuren

59

openen en stoelen klaarzetten, deden de meeste Doms voor elke sub. Een deel van haar wenste dat ze niet zomaar een sub voor hem was.

Stop ermee. Dat soort gedachten veroorzaakt alleen maar hartzeer voor jullie allebei.

Haar deur ging open en ze nam zijn uitgestoken hand aan, zodat hij haar uit de truck kon helpen. Hij gebaarde haar de weg door naar de voordeur te wijzen.

'Ik kom terug om je spullen op te halen zodra ik je geïnstalleerd heb.'

Toen hij de voordeur van het slot haalde en open-duwde, werden ze onmiddellijk opgewacht door een reusachtige, bruine Bullmastiff die woest met zijn staart kwispelde en luidkeels blafte. De hond snuffelde aan haar, toen aan zijn baasje en weer terug naar haar voordat hij langs hen liep om tegen een struik te plassen. In een flits stond hij weer naast haar voordat Parker de deur dicht kon doen. De hond stuiterde op alle vier zijn poten en draaide rondjes om haar heen.

'Spanky, rustig jongen. Laat de arme vrouw binnen-komen, wil je?'

Shelby giechelde en krabde over de kop van de hond, die zo groot was als een basketbal.

'Zo'n brave jongen. Dat geeft niet. Je mag altijd om wat liefde vragen.'

Spanky gaf zijn baasje een grijns die alleen maar geïnterpreteerd kon worden als, 'zie je wel? Ze vindt me leuk, dus hou je mond.'

Parker gaf de massieve haarbal een duwtje met zijn been tot ze ruimte hadden om te passeren.

'Ga maar wat lekkers halen.'

De hond rende naar de keuken en even later kwam hij hen tegen in de woonkamer, met een afgedekte, harde plastic pot aan het handvat. Hij liet het naast Parkers voeten vallen en wachtte ongeduldig tot zijn baasje het zou openen en een extra groot hondenkoekje zou over-handigen. Met een volle mond nam Spanky zijn prijs mee naar de hoek van de kamer en plofte neer om het op te eten.

'Dat is zo schattig,' zei Shelby, 'ik denk dat ik nu al van hem hou. Hij lijkt een beetje op de hond Hooch uit die film.'

Parker nam haar hand en leidde haar naar de keuken.

'Ik weet het. Ik ben gek op die film en heb altijd al zo'n hond gewild. Hij is niet precies hetzelfde ras, maar wel vergelijkbaar. Ik heb een vrouw gevonden, Tori, die betrokken is bij een groep die Bullmastiff Rescuers, Inc. Heet. Zij heeft me aan Spanky gekoppeld. Hij is super slim en een geweldige metgezel. De meeste dagen neem ik hem mee naar kantoor en af en toe naar werven. Hij kan hier blijven en je gezelschap houden als ik ergens naartoe moet. Hij houdt van knuffelen en vergeet soms dat hij geen schoothondje is.'

'Ik zou graag gezelschap hebben. Bedankt.' Ze ging aan de eethoek zitten terwijl de vermoeidheid weer over haar heen begon te rollen.

'Ik ben opgegroeid met honden. Door fulltime te werken zou ik me slecht voelen als ik er de hele tijd een thuis zou laten.'

'Nou, Spanky zal het leuk vinden om met jou om te gaan. En als ik weg moet, hoef je hem niet uit te laten.

Doe gewoon de achterdeur open en hij doet zijn behoefte. Ik ruim het wel op als ik thuiskom.'

Hij overhandigde haar het kopje gemberthee dat hij op zijn Keurig-apparaat had gezet. Onderweg was ze weer misselijk geworden.

'Drink dat op terwijl ik je spullen naar binnen breng. Het huis heeft vier slaapkamers, maar slechts een, behalve de mijne, heeft een bed. De andere gebruik ik als kantoor en fitnessruimte.'

Terwijl hij haar koffers ging halen, dronk Shelby van de thee en keek om zich heen. Het huis was van binnen net zo mooi als van buiten. Het was wel duidelijk dat er een vrijgezel woonde. Er hingen geen gordijnen of vitrages voor de ramen, alleen luxaflex, en de inrichting was utilitair en spaarzaam.

Toen ze binnenkeek in wat als een familiekamer werd beschouwd, zag ze grote leren banken en een entertainmentcentrum met een tv van 60 inch, een stereo-installatie en een videospelconsole. Het enige op de bijzettafeltjes waren saaie, algemene lampen. Ze was ervan overtuigd dat dit voor hem werkte. Toch had het een vrouwelijk tintje nodig. Misschien kon ze hem helpen met inrichten, terwijl ze hier was. Dat was het minste wat ze kon doen om hem te bedanken voor de zorg voor haar nu ze ziek was.

De voordeur ging weer open en Parker liep naar binnen met al haar tassen tegelijk. Ze stond op en volgde hem door de gang. Ze schrok toen hij zijn slaapkamer binnenliep en de tassen op het bed zette. Hij merkte haar verbijsterde uitdrukking op.

'Je slaapt hier omdat deze kamer een aangrenzende badkamer heeft. Ik neem de logeerkamer wel.'

'Nee,' schudde ze heftig haar hoofd, 'ik kan je niet uit je slaapkamer schoppen. Ik neem de logeerkamer...' Haar stem stokte bij de strenge uitdrukking op zijn gezicht en ze zuchtte.

'Niet bespreekbaar, toch?'

'Juist,' hij hield zijn hoofd schuin, 'Je bent een beetje bleek. Waarom ga je niet naar de woonkamer en ga je op de bank liggen, terwijl ik een kussen en een deken pak? Dan breng ik hier alles in orde, verschoon de lakens en verhuis wat van mijn spullen naar de andere badkamer.'

Ze leerde al snel dat het zinloos was om met hem in discussie te gaan. Hij was tenslotte een Dom en verwachtte dat ze gehoorzaamde. Een voordeel van hem gehoorzamen was dat ze zich verwend en aanbeden voelde. *Verdomme.*

* * *

Na het verschonen van de lakens trok Parker het dekbed over de lengte van het bed omhoog en legde het kussen terug op zijn plaats. Hij draaide zich langzaam om en inspecteerde de rest van de kamer. Godzijdank was Emily, de huishoudster, gisteren geweest. Meestal verschoonde ze zijn beddengoed op maandag. Verder was alles netjes en schoon.

Hij had ruimte gemaakt in zijn kast en een van de twee ladenkasten leeggemaakt voor Shelby's kleren. Het gevoel dat hij kreeg bij het zien van haar intimi in de bovenste lade deed hem wensen dat ze daar permanent lagen.

Ze is ziek, klootzak. Nu is niet het moment om haar te versieren. Help haar beter te worden en dan kun je gaan denken met je zuidelijke hoofd.

Hij controleerde de tijd op zijn wekker. Het was iets na een uur. Shelby had snel haar middagmedicijnen nodig, die indien mogelijk met voedsel moesten worden ingenomen. Parker zou later boodschappen moeten doen om wat dingen te halen die ze graag at. Nu kon hij een broodje kalkoen met kaas voor haar maken.

Toen hij op weg naar de keuken een blik in de woonkamer wierp, zag hij dat ze nog steeds op de bank lag te slapen. Spanky lag naast haar op de grond, met zijn kop op zijn poten, en waakte over haar. De grote lomperik had haar al in bescherming genomen. Parker wist hoe dat voelde. Shelby zou niets overkomen als het aan hen lag.

Hij haalde de nodige spullen uit de koelkast en maakte broodjes voor hen. Eerder had hij Shelby's medicijnen en voedingssupplementen op een rijtje gezet op het aanrecht. Hij controleerde elk flesje, nam van elke pil die ze nodig had een en legde die op het bord naast haar lunch. Glazen melk maakten de maaltijd compleet en hij bracht de hare naar de woonkamer voordat hij terugkeerde voor de zijne.

Hij hurkte naast de bank en reikte over Spanky heen om met de rug van zijn hand over Shelby's wang te wrijven.

'Schatje, ik wil je niet wakker maken, maar je moet je medicijnen innemen.' Haar ogen knipperden open en binnen een paar seconden richtte ze haar blik op hem.

'Hoi. Hoe lang heb ik geslapen?'

'Ongeveer twee uur. Die chemo moet veel van je vergen. Ik heb een broodje kalkoen met kaas voor je gemaakt. Ik wist niet of je van mayonaise of mosterd hield.'

Shelby ging rechtop zitten toen Spanky hetzelfde deed naast haar. Ze krabde aan zijn oor en de hond kreunde van genot.

'Ik vind beide lekker. Ik denk niet dat mijn maag een van beide nu zou accepteren, dus ik eet het gewoon zonder saus. Dank je.'

Hij overhandigde haar het bord en wees naar de twee glazen op het tafeltje.

'Ik heb wat melk voor je ingeschonken. Ik dacht dat dat het beste was bij de medicijnen.'

Terwijl hij rechts van haar op de fauteuil zat, knikte ze.

'Bedankt. Ik neem ze na het eten.'

Hij keek toe hoe ze een hap van haar boterham nam en toen de kamer rondkeek. Inwendig kromp hij ineen en wenste dat hij een decorateur had ingehuurd. Hij kon prachtige huizen bouwen. Als het op inrichten aankwam, was hij een onbenul. Shelby's appartement had dat huiselijke gevoel, met overal haar persoonlijke accenten. Misschien kon ze hem helpen met het uitzoeken van foto's, gordijnen en andere spullen als ze zich weer beter voelde.

"Laten we een paar dingen doornemen.' Nadat ze haar eten had doorgeslikt, nam ze een slokje melk.

'Oké. Zoals wat?'

'Om te beginnen wil ik dat je na het eten een boodschappenlijstje maakt met eten dat je lekker vindt. Ik pak morgen je koelkast en voorraadkast in. Ik kan later vandaag alles halen wat je lekker vindt. Volgens mijn onderzoek moet je gezond eten en ik heb een heleboel voedzame smoothies gevonden met fruit, groenten en supplementen. Ik kan zo'n blender voor je halen.' Ze grijnsde naar hem.

'Je hoeft er geen te kopen, ik heb er een in het onderste kastje naast de koelkast. Ik vind het heerlijk om ze te maken. Hoewel ik hem liever gebruik om margarita's te maken.'

Grinnikend schudde Parker zijn hoofd.

'Geen alcohol. Tenminste tot na je behandelingen.' Hij lachte nog harder toen Shelby met haar vingers knipte en pruilde. Verdomme, ze was zo schattig.

'Punt twee, of drie als je geen alcohol drinken meerekent, is dat je je baas belt en hem vertelt dat je met ziekteverlof moet. Het laatste wat je nodig hebt is jezelf meer uitputten dan nodig is.'

'Hoe erg ik het ook vind om te zeggen, je hebt wel gelijk. Geld is geen probleem. Ik heb wat spaargeld en mama en papa hebben mijn zus en mij een kleine erfenis nagelaten. Het is niet veel, wel meer dan genoeg om mijn rekeningen een tijdje te betalen.'

Hij knarste zijn tanden. Toch ging hij niet met haar in discussie. Ze was niet zijn sub en hij wist dat ze hem maar tot op zekere hoogte zou toestaan om haar hier doorheen te helpen.

'Oké. Het volgende waar we het over moeten hebben is wie je bereid bent te vertellen dat je ziek bent. Ik wil iemand kunnen bellen als ik een tijdje weg moet. Voor het geval dat.'

Zuchtend haalde Shelby een hand door haar piekerige haar.

'Ik wil niet dat iedereen het weet. Ik bel een paar van de meisjes, Kristen, Angie, Kayla en Charlotte. Als ik het aan een vertel, moet ik het ook aan de anderen vertellen. En je kunt het Devon, Ian en Mitch laten weten. Voorlopig niemand anders, alsjeblieft.'

'Oké,' snoof hij, 'het duurde even voordat ik me herinnerde dat Charlotte de echte naam van Meesteres China is. Ik hoor het zelden iemand gebruiken.'

'Ook al is ze een Domme, we zijn goede vriendinnen geworden. Ze was geweldig die nacht...'' Shelby beet op haar onderlip.

'De nacht dat mijn klootzak van een broer je sloeg,' maakte hij voor haar af, terwijl hij haar hand vastpakte, 'je hebt geen idee hoeveel spijt ik heb dat ik hem naar de club heb gebracht.'

Ze kneep in zijn hand en haar uitdrukking verzachtte.

'Het is niet jouw schuld en het is verleden tijd. Maar ikben blij dat hij niet in de buurt woont, want ik zou in de verleiding komen om Charlotte's zweep op hem te gebruiken.' Parker snoof.

'Ik zou hem voor jou aan een Andreaskruis vastbinden.'

Een giechel ontsnapte haar en een grijns verspreidde zich over zijn gezicht. Hoewel het gespreksonderwerp niet iets was waar hij blij mee was, vulde het feit dat ze haar hand niet had teruggetrokken zijn hart van vreugde en hij zou over alles praten zolang ze hem aanraakte. Shelby paste precies in zijn huis, ze liet het meer op een thuis lijken.

Hij kon het niet laten. Hij trok aan haar hand en trok haar voorzichtig overeind op zijn schoot. Haar ogen vernauwden zich, toch maakte ze bezwaar. Terwijl zijn blik haar gezicht afspeurde op zoek naar een teken dat dit niet was wat ze wilde, omarmde hij haar achterhoofd en sloot de afstand tussen hen. Haar adem stokte, waardoor zijn pik begon te trillen. Dit was iets waar hij al zo lang naar verlangde, iets waar hij van droomde, en hij ging het niet overhaasten. Hij kreunde toen haar tong tevoorschijn kwam om haar mooie, roze lippen nat te maken. Zijn woorden kwamen eruit in een hese fluistering.

'Zeg me dat je me wilt, schatje. Vraag me om je te kussen.'

Zijn hart bonsde in zijn borst terwijl hij op haar antwoord wachtte.

Hoofdstuk Zeven

Shelby inhaleerde diep, genoot van Parkers geur en het gevoel van zijn sterke, stevige lichaam. De vochtigheid tussen haar benen groeide. Een kus. Een kus en ze kon sterven als een gelukkige vrouw. *Nee, verdomme.* Ze kon *leven* als een gelukkige vrouw. Ze had al eerder tegen de dood gevochten en gewonnen, ze kon het weer doen. Ze wilde niet alleen leven, maar ze wilde ook wat deze man haar bood. Al was het maar voor even. Ze kon niet voor altijd bij hem zijn, maar wel nu.

"Alstublieft, kus me, Sir."

De woorden waren nauwelijks uit haar mond voordat hij zijn lippen op de hare drukte. Ze kon de spanning in zijn lichaam voelen terwijl hij zich inhield. Omdat ze niet voorzichtig wilde zijn, kneep ze met haar tanden op zijn onderlip. Parker gromde en stootte zijn tong in haar mond. Het beest in hem kwam vrij en zij ontmoette het met dat in haar. Hun tongen duelleerden terwijl ze op zijn schoot ging zitten. Hem kussen was precies zoals ze verwacht had. Alle gedachten aan haar kanker, chemotherapie en wat dan ook verdwenen uit haar brein toen ze haar lichaam het moment liet overnemen.

Hij veranderde de hoek van zijn hoofd en verslond haar. Een hand hield haar hoofd op zijn plaats terwijl de andere zich om haar borst sloot. Zijn hitte verschroeide haar en ze kromde haar rug, waardoor haar weelderige vlees nog meer in zijn aanraking kwam. Ze kreunde, gevolgd door een zeur toen hij zijn mond van haar wegtrok.

Ademloos hield Parker haar tegen zijn borst.

'Verdomme, dat was beter dan ik me herinnerde. Je kunt maar beter geloven dat ik ervan gedroomd heb om dat te doen sinds de laatste keer dat ik je kuste. Als ik nu niet stop, kan ik niet meer stoppen.'

'Wat als ik niet wil stoppen?' En dat wilde ze niet. Het enige wat ze wilde was dat hij haar bleef zoenen en haar neukte met die keiharde bobbel in zijn broek.

Hij verstijfde en de vingers in haar haar verstrakten net genoeg om haar een pijnscheut te geven.

'Toppen vanaf de onderkant, schatje? Je weet wel beter dan dat. Tot ik morgen met je dokter praat en mijn lijst met vragen beantwoord heb, is dit alles wat ik bereid ben te doen. Je bent belangrijk voor me, Shelby. Ik wil het niet verpesten en iets doen dat je zou kunnen schaden.' Snuivend liet hij een hand over haar rug gaan.

'Jeetje, als iemand me twee dagen geleden had gezegd dat ik zou stoppen zodra ik jou in mijn armen had, dan had ik gezegd dat ze gek waren.'

Ze liet haar hoofd op zijn schouder rusten en drukte een kuise kus in zijn nek. Dit was zo fijn, op zijn schoot zitten alsof ze daar hoorde. Alleen was dat niet zo. Vroeg of laat zou ze hem moeten vertellen waarom ze niet de zijne kon zijn, waarom ze niet kon blijven.

Hoe lang ze zo zaten, tevreden in de stilte, wist ze niet zeker. De realiteit brak haar luchtbel toen zijn telefoon ging. Omdat ze dacht dat het over zijn werk moest gaan, gleed Shelby uit zijn armen en stond op. Ze pakte hun borden en glazen en droeg ze naar de keuken terwijl hij de telefoon opnam. Hoewel het niet haar bedoeling was geweest om af te luisteren, kon ze het niet helpen dat ze zijn geïrriteerde toon hoorde.

"Hallo . . . We hebben het hier al over gehad. Ik kan niet alles laten vallen en naar Boston rennen omdat jij dat wilt. Ik heb een bedrijf te runnen. Een succesvolle, niet dat het jou iets uitmaakt... Ik weet niet wanneer ik daar kan... zijn... Senaat? Nou, goed voor je... Ik weet het niet.'

Er kwam een grom uit de woonkamer en die kwam niet van Spanky.

'Ik zei, ik weet het niet... Ik moet hier dingen regelen. . . Nou, ze zijn belangrijk voor me... Prima. Ik kijk in mijn agenda... Ik zei... Laat maar. *Ook tot ziens, vader.'*

De laatste zin was sarcastisch uitgesproken en Shelby kreeg de indruk dat hij het tegen een doodse stilte had gezegd. Zijn vader had waarschijnlijk opgehangen. Arme Parker. Niet alleen zijn broer was een klootzak, ook zijn vader klonk zo. Ze wist niets over zijn familie en hoopte dat er tenminste een persoon tussen zat die er voor hem was, want die twee mannen waren dat duidelijk niet.

Ze besefte dat ze daar nog steeds stond, bevroren op haar plaats, en zette de borden in de vaatwasser toen hij de keuken in liep.

'Dat hoef je niet te doen. Ik ruim wel op.'

Ze trok haar heup op en keek hem aan.

'Ik ben niet invalide, Parker. Als je erop staat dat ik bij je blijf tijdens mijn chemo, dan sta ik erop om mijn eigen gewicht hier te dragen.'

In een oogwenk stond hij aan de andere kant van de kamer en nam haar in zijn armen. Lachend om haar geschokte uitdrukking hield hij haar dicht tegen zich aan.

'Ik denk dat ik je gewicht graag draag, schatje. En je bent hier om beter te worden, niet om op te ruimen. Als je wilt, kun je me misschien wat decoratie-ideeën geven. Als het je nog niet was opgevallen, mijn huis schreeuwt vrijgezellenflat.'

Onder haar blafte Spanky luid bij hun capriolen. Shelby giechelde en vond het heerlijk om Parkers armen om haar heen te voelen.

'Ja, dat doet het. En ik zou je graag helpen met inrichten. Dan heb ik iets te doen als ik niet slaap of in de wc kots.'

Hij zette haar weer op haar voeten en kuste de bovenkant van haar hoofd.

'Hoe voel je je? Heb je zin in een wandeling met Spanky en mij? Er is een hondenweide in het park verderop in de straat en hij vindt het leuk om daar rond te hangen met zijn beste vrienden en vriendinnen. Hij valt op een standaard poedel die hem geen blik waardig gunt. Maar hij blijft het proberen.' Hij boog voorover en bedekte de oren van de grote hond met zijn handen.

'Zeg hem niet dat het een valstrik is. Ik denk niet dat hij het al doorheeft.'

Een buikige lach barstte uit haar mond. De man was in meerdere opzichten vermakelijk.

'Ik zal niets zeggen. En een wandeling klinkt goed.'

'Mooi zo. Waarom trek jij je sneakers niet aan, dan pak ik zijn riem, bal en poepzakjes-extra sterk.'

Shelby keek toe hoe hij de kamer verliet met Spanky op zijn hielen. Ze beet op haar lip en probeerde zichzelf wijs te maken dat dit tijdelijk was. Ze zou teruggaan naar haar appartement als haar chemo klaar was of... nou ja, ze wilde niet aan het alternatief denken. Hoe dan ook, ze zou deze geweldige man verlaten. Voorlopis was ze egoïstisch. Ze wilde van hun tijd samen genieten nu het nog kon.

<hr>

'Hoi, Parker,' begroetten de dames hem eensgezind toen hij de voordeur opende. Kristen, Angie, Kayla en Boomer's vriendin, Kat Maier, volgden Meesteres China de hal in.

'Hallo, dames. Ga maar door naar de veranda. Shelby profiteert van het aangename weer.'

Het was de donderdag na haar derde behandeling en een week nadat ze bij hem was ingetrokken. Het gesprek met haar arts de vrijdag ervoor was goed verlopen en Parker had zijn lijst met vragen naar tevredenheid beantwoord gezien. Hij wist nu alles over haar type kanker, het verloop van de behandeling, de overlevingsstatistieken, die gelukkig goed waren, en wat hij kon doen om alles wat gemakkelijker voor haar te maken.

Ze was die avond een beetje moe geweest, dus hij had haar op de bank gelegd en haar een film laten uitkiezen. Hij had verwacht dat het een chick-flick zou zijn, en was aangenaam verrast toen hij ontdekte dat ze net als hij van actiefilms hield. Ze hadden uiteindelijk een *Die Hard*-marathon gehouden. Het was fijn geweest als ze haar hoofd op een kussen in zijn schoot had gelegd terwijl hij haar haar en arm streelde.

Toen ze eindelijk in slaap was gevallen, bleef hij nog even zo liggen, genietend van de intimiteit van het moment. Dat was bijna net zo intiem als ze de afgelopen dagen waren geweest, afgezien van een paar kuise kussen en knuffels. Ze leek zich niet langer ongemakkelijk te voelen bij hem. Hij wilde echter niets forceren als ze zich niet goed voelde.

Op maandag zorgde Parker ervoor dat zijn voormannen van alles op de hoogte waren en vertelde hen dat ze alleen voor noodgevallen telefonisch contact met hem mochten opnemen. Al het andere kon wachten tot na Shelby's chemotherapiesessie. Hij moest het personeel van het behandelcentrum nageven, ze waren absoluut fenomenaal. De verpleegsters legden alles uit en beantwoordden alle vragen die hij kon bedenken. Ze zorgden ervoor dat ze zich op haar gemak voelde en maakten haar aan het lachen met flauwe verhalen en grapjes.

Terwijl de medicijnen langzaam in haar lichaam werden gepompt, kwam er een getrainde therapiehond op bezoek en Shelby had een paar minuten de tijd genomen om met de eigenaar te praten terwijl ze de

Golden Retriever aan zijn oren krabde. Als iemand chemo moest ondergaan, dan was dit de plek om dat te doen. Zelfs het decor was rustgevend.

Op advies van haar dokter had hij zijn koelkast en voorraadkast gevuld met gezond voedsel en voedingssupplementen. Ginger ale, thee en snoepjes waren op voorraad voor als ze misselijk werd. Hij zorgde ervoor dat ze met hem ging wandelen als ze daar zin in had en dat ze sliep als ze dat nodig had.

Spanky was haar beschermer en Parkers waarschuwingssysteem geworden. Als hij in zijn kantoor of ergens anders in huis was en Shelby naar de badkamer rende om ziek te worden, blafte de Bullmastiff tot Parker aan kwam rennen. Dan bleven de hond en zijn baasje bij haar tot haar maag niet meer in opstand kwam tegen de chemo medicijnen in haar lichaam. Net als zijn baasje gebruikte Spanky zijn lichaam om Shelby op te laten steunen als ze zich zwak voelde. De hond was nooit ver van haar zijde.

Vandaag had Parker gepland om thuis te werken. Kristen had eerder gebeld om te zeggen dat ze op bezoek zouden komen omdat Shelby een dag met weinig misselijkheid had en zich klaar voelde om bezoek te ontvangen. Zodra hij er zeker van was dat ze niets nodig hadden en wisten dat ze hem moesten bellen als haar symptomen veranderden, ging hij naar kantoor en een paar werven om te zien of alles soepel verliep. Hij had een geweldige groep werknemers, toch was hij nog steeds de eigenaar. Als er iets misging, was dat zijn verantwoordelijkheid, of hij nu ter plaatse was of niet.

'Parker, ik vind je huis geweldig. Het is prachtig van

binnen en van buiten,' zei Angie, 'Ian zei dat je het hebt gerenoveerd. Dit had ik niet verwacht.'

Tijdens de renovatie verwerkte hij natuurelementen in het ontwerp van de veranda. Een open haard van riviersteen bevond zich aan de ene kant van de zithoek en een bijpassende buitenkeuken met ingebouwde barbecue aan de andere kant. In plaats van aluminium dakpanelen of een intrekbare luifel werd een groot deel van de patio overdekt met een gekleurde, teakhouten luifel.

Het ingegraven zwembad leek op een kleine vijver, compleet met een stenen waterval. Bomen en struiken maakten er een tropisch paradijs van. Dit was het enige deel van het huis dat hij mooi had ingericht met comfortabele zithoeken en strategisch geplaatste verlichting voor als de zon onderging. Het was het favoriete deel van het huis van hem en Spanky.

"'edankt. Ik heb wel nog hulp nodig bij het inrichten van het interieur. Shelby heeft aantekeningen gemaakt over wat ik moet kopen zodat het geen vrijgezellenflat meer lijkt.' Voordat ze er waren, had hij een kan limonade en een groenteschotel met dip neergezet. Nu wees hij naar de keuken.

'Er zijn daar genoeg andere drankjes en snacks, samen met glazen, schalen en spullen. Als je nog iets nodig hebt, kun je de binnenkeuken plunderen.'

Hij draaide zich om naar Shelby en vroeg, 'heb je nog iets nodig voordat ik ga?'

Glimlachend schudde ze haar hoofd, 'nee. Ik denk dat we alles hebben. Bedankt.'

'Geweldig,' aarzelde hij, en dacht toen, *wat maakt het*

ook uit. Hij liep naar haar toe, waar ze op een ligstoel zat, boog zich voorover en drukte zijn lippen tegen de hare. Haar adem stokte, toch trok ze zich niet terug. Toen hij de kus verbrak, waren haar wangen rood gekleurd en klopte de hartslag in haar nek. Tevredenheid stroomde door hem heen.

'Veel plezier met je vrienden. Als je me nodig hebt, bel mijn mobiel en ik kom meteen naar huis.'

'Oké.'

Het woord kwam er zacht fluisterend uit. Het prikkelde hem te weten dat hij de reden was dat ze buiten adem was. Toen hij weer rechtop stond, knikte hij naar de anderen.

'Veel plezier. Zorg alsjeblief dat ze niet overdrijft.'

Charlotte vernauwde haar ogen en plaagde hem.

'Serieus, Parker. We nemen haar niet mee uit voor shotjes en stevig dansen. Dat bewaren we voor morgenavond.' De anderen lachten terwijl Parker met zijn ogen rolde.

'Klopt. Sorry. Ik ben een beetje overbezorgd geworden de afgelopen dagen. Veel plezier.'

Hij was ervan overtuigd dat ze goed voor Shelby zouden zorgen en liet hen doen wat vrouwen deden tijdens deze momenten.

Terwijl Parker door het huis naar de voordeur liep, staarden Shelby's vijf vrienden haar nieuwsgierig aan. Haar blos werd dieper.

'Euh. Wil iemand ijsthee in plaats van limonade?'

'Oh, nee, dat doe je niet, Shelby.' Kayla zwaaide met een vinger naar haar en pakte toen de kan op.

'Ik haal de drankjes voor iedereen terwijl jij begint te vertellen over Meester Parker en die hubba-hubba kus die hij je net gaf. En vergeet geen enkel ondeugend detail.'

Ze beet op haar lip en haalde toen haar schouders op.

'Er valt niets te vertellen.'

'Onzin. Laat me mijn zweep niet pakken, Shelby.' De uitdrukking op Charlottes gezicht zei dat Meesteres China haar opwachting maakte.

Ze wist dat ze er niet omheen kon, haalde diep adem en praatte hen bij.

'Oké. Om je de waarheid te zeggen, ik heb geen idee wat er aan de hand is. Ik bedoel... we hebben niet gespeeld of zo. We hebben alleen een paar keer gezoend.'

'Maar hij wil meer,' zei Angie zelfverzekerd, 'En jij ook.'

Dat gaat niet.' Hoe kon ze dit uitleggen zonder hen alles te vertellen? Ze waren haar vrienden en zouden het begrijpen, toch ze zouden haar ook vertellen dat ze gek was.

'Ik kan niet zijn wat hij wil... wat hij nodig heeft. Hij heeft een sub nodig die een echtgenote kan zijn, en ik ben niet geschikt als echtgenote.'

'Wat?' Kristen sloeg haar armen over elkaar en staarde haar aan.

'Waar heb je het in godsnaam over? Je zou een geweldige echtgenote zijn... en we zeggen niet dat je met hem moet trouwen als je dat niet wilt. Maak gewoon wat plezier voor een tijdje... kijken waar het heen gaat.'

Kayla overhandigde haar een glas.

'Precies. Jij kent de levensstijl beter dan wie dan ook. Onderhandel een contract met de man. Zet er een einddatum op, zodat niemand valse verwachtingen heeft.'

Terwijl de anderen hun inbreng deden, keek Shelby naar de stille Kat. Iedereen was zo blij dat zij en Boomer het hadden bijgelegd, want ze waren al sinds hun tienerjaren verliefd op elkaar. Door een wreed lot waren ze jarenlang van elkaar gescheiden. Shelby kende haar nog steeds niet zo goed. Ze vond haar nu al leuk.

Kat trok een wenkbrauw op en glimlachte toen ze merkte dat Shelby haar aanstaarde.

'Wat? Je kijkt alsof je me iets wilt vragen.'

'Als ik te ver ga, zeg het dan. Als je Boomer's hulp niet nodig had gehad, zou je dan bij hem teruggekomen zijn? Ik bedoel... jullie lijken zo perfect voor elkaar. Zou je weg gebleven zijn omdat je het risico liep hem pijn te doen en dat hij je misschien zou afwijzen?'

De anderen werden allemaal stil en keken naar Kat, die haar hoofd schuin hield terwijl ze even nadacht.

'Ik weet niet zeker wat mijn situatie met die van jullie te maken heeft. Ik vind het niet erg om jullie erover te vertellen. Nadat ik uit de schok was gekomen van alles wat er toen gebeurd was, ging ik elke nacht naar bed en droomde ik ervan om op een dag herenigd te worden met Benny. Ik ben nooit opgehouden van hem te houden. De omstandigheden hebben me misschien gedwongen om eerder naar hem toe te komen dan ik wilde. Toch weet ik dat ik een manier zou hebben gevonden om te proberen weer samen met hem te zijn.' Ze gaf een kleine glimlach.

'Ik had liever gehad dat hij niet was flauwgevallen, maar ja... Ik zou hoe dan ook zijn teruggekomen. Hij vertelde me dat hij jarenlang heeft gedebatteerd over het gezegde "is het beter om lief te hebben gehad en verloren te hebben dan helemaal nooit lief te hebben gehad?" We zijn het er nu allebei over eens dat het beter is om liefgehad te hebben... want een leven zonder liefde is helemaal geen leven.'

Stilte vulde de lucht tot Kayla een luide snuif liet horen.

'Dat is zo verdomd mooi, ik denk dat ik ga huilen.'

Iedereen keek haar aan en barstte in lachen uit toen ze beseften dat ze hen plaagde. Kristen gooide een kussen naar haar.

'Oh, hou je mond. Je weet donders goed dat dat ongelofelijk romantisch was.'

Shelby's schouders ontspanden toen iedereen begon te praten en grapjes met elkaar maakte. Parker had gelijk, ze had haar vrienden nodig om hier doorheen te komen. Kat had ook gelijk, een leven zonder liefde is helemaal geen leven. En Shelby wilde het leven kiezen... en liefde.

Hoofdstuk Acht

'Weet je dit zeker?'

Terwijl Spanky aan haar voeten lag, stond Parker achter haar in de grote badkamer, waar ze in de stoel zat die hij had meegebracht. Haar blik ontmoette de zijne in de spiegel en ze knikte.

'Ja, ik weet het zeker. Elke keer als ik douche of er met mijn vingers doorheen ga, valt er meer haar uit. Ik zie er liever uit alsof ik een nieuw modestatement probeer dan de "zieke griet" die haar haar verliest door chemo.'

Er kwam een frons over zijn gezicht terwijl hij in haar schouder kneep.

'Je bent geen "zieke griet". Je bent een dappere vrouw die vecht tegen een lelijke ziekte en mooi blijft, terwijl je die vieze ziekte een schop onder haar kont geeft.'

Ze bloosde, zoals ze altijd deed als hij dat soort dingen zei. Verdomme, deze man was goed voor zowel haar ego als haar mindset. Jaren geleden had ze alles afgeschoren, waarmee haar gekleurde pruikenverzameling was begonnen. Toch was ze mooi in Parkers ogen, hoe ze er ook uitzag.

'Bedankt. Oké. Laten we dit afhandelen. Scheer alles maar weg.'

Het duurde niet lang voordat hij de tondeuse over haar hoofd liet gaan en, in tegenstelling tot jaren geleden, huilde ze nu niet. Toen ze opstond en haar hoofd van links naar rechts draaide, bekeek ze haar spiegelbeeld.

'Tot nu toe heb ik tenminste mijn wenkbrauwen nog. De vorige keer moest ik een wenkbrauwpotlood gebruiken om ze in te vullen.'

Ze draaide zich naar hem toe en was verbaasd toen hij haar de tondeuse overhandigde en in de stoel ging zitten.

'Wat doe je?'

'Nu is het mijn beurt. Met mijn terugtrekkende haarlijn heb ik al eens eerder bedacht hoe ik eruit zou zien moest ik kaal zijn. Wat denk jij, schuilt er een nieuwe Bruce Willis in me?'

Nu vulden haar ogen zich terwijl ze achter de stoel stapte en hem in de spiegel aanstaarde. Haar stem kraakte.

'Je moet dit niet te doen.'

'Het is geen kwestie van *moeten*, schatje. Ik wil dit doen. Scheer alles maar weg.'

Ze glimlachte toen hij haar eerdere woorden herhaalde. Wat had ze ooit in haar leven gedaan om zo'n man te verdienen? Sinds het bezoek van haar vriendinnen gisteren had ze veel nagedacht over hun twee als koppel. Misschien deed ze zichzelf te kort of onderschatte ze hem. Misschien maakte het hem niet uit dat ze geen kinderen kon krijgen.

Ze draaide de schakelaar van de tondeuse naar boven en begon voorzichtig aan zijn voorhoofd. Ze gleed langs zijn hoofdhuid en zorgde ervoor dat ze geen plekje oversloeg. Toen ze klaar was, ging Parker er met zijn handen overheen.

'Helemaal niet slecht. Ik denk dat ik het mooier vind dan voordien.'

'Het staat je sexy.'

Hij trok een wenkbrauw op.

'Sexy?'

Ze bloosde weer toen ze de stekker van de tondeuse uit het stopcontact haalde en het in de lade legde waar Parker het bewaarde. Hij liet haar verder met rust, stond op en pakte de bezem en stoffer die hij had meegebracht. Ze schoof de stoel uit zijn weg en Spanky volgde haar naar de keuken terwijl ze de stoel terugzette waar hij hoorde.

Ze beet op haar lip en zag het contract dat ze hadden getekend op de dag dat ze hier kwam wonen op de keukentafel liggen.

Het contract waarin stond *Geen seks*.

Moedig pakte ze het op, samen met een pen en marcheerde terug naar de grote badkamer. Hij spoelde hun gemengde berg haar door het toilet.

'Ik wil ons contract herbekijken, Sir.'

Parker bevroor. Zijn blik ging van haar gezicht naar het papier dat ze vasthield en weer terug. Toen hij een beetje verbleekte, besefte ze dat hij dacht dat er iets mis was en ze haastte zich om hem gerust te stellen.

'Ik wil graag punt vijf bespreken en aanpassen.'

Ze overhandigde hem het papier en keek toe hoe hij de clausule las waar ze het over had. Zijn ogen schoten weer naar de hare.

'En waar wil je nummer vijf in veranderen?'

'Ik wil het helemaal uit het contract schrappen, Sir.'

Parker was stomverbaasd. Hij had haar toch zeker niet goed begrepen. Nummer vijf was de geen-seks-clausule. De uitdrukking op haar gezicht zei dat hij haar niet verkeerd had begrepen. Het verlangen dat hij in haar ogen zag, deed zijn hart sneller kloppen en zijn pik zwellen. Hij slikte hard en bracht zijn stem op zijn gebiedende Dom-toon.

'Weet je het zeker, schat? Ik weet dat je dokter zei dat er geen activiteiten waren die je niet kon doen, zolang je het rustig aan deed.'

Bepaalde dingen op haar limietenlijstje zouden niet mogen omdat ze nu snel blauwe plekken kreeg. De bloed-armoede die meestal gepaard ging met chemotherapie veroorzaakte dat. Toch waren er een paar dingen op haar lijst die ze wel konden doen en die hen allebei plezier zouden geven. Hij had haar lijst in de club gezien en hem praktisch uit zijn hoofd had geleerd.

Ze stapte naar voren, nam het papier terug en streepte nummer vijf door.

'Ik weet het zeker, Meester Parker.'

God, deze vrouw maakte hem nederig en gek tegelijk. Toen hij naar beneden keek, zag hij dat Spanky Shelby op de hielen zat.

'Naar buiten, Spanky. We willen geen publiek.'

Toen de hond met tegenzin vertrok, trok Parker Shelby in zijn armen. Zelfs kaal was ze voor hem de mooiste vrouw ter wereld en haar lichaam vormde zich naar het zijne alsof ze voor elkaar gemaakt waren.

'Je vertelt het me als het je te veel wordt en je zult me gehoorzamen. Nog vragen?'

Haar ademhaling stokte terwijl ze met een hand zijn wang streelde.

'Eentje maar, meneer. Wanneer ga je me weer kussen?'

Heb genade.

Hij drukte zijn mond tegen de hare en hield haar nog steviger tegen zich aan. Hij wilde haar nooit meer losla- ten. Op de een of andere manier zou ze van hem zijn en van hem alleen. Zijn tong tastte haar zoete lippen af en hij verheugde zich toen ze hem toegang gaf tot haar mond. Het was zo moeilijk om te proberen zachtaardig te zijn als hij haar werkelijk naar de vergetelheid wilde neuken.

Hij gleed met zijn handen langs haar lichaam, omarmde haar kont en tilde haar van de vloer. Haar benen sloten zich om zijn heupen en zijn pik nestelde zich tegen haar heuvel toen hij naar de slaapkamer liep, waar hij haar weer op haar voeten zette. Hij kon niet stoppen haar te kussen, dat wilde hij niet, toch waren er dingen die hij nog meer wilde. Hij trok zich terug en glimlachte om haar gemompelde protest.

"'leed je voor me uit, schatje. Ik wil je zien strippen.'

'Ja, Sir.'

God, wat hield hij ervan om dat uit haar mond te horen. Misschien zou ze hem binnenkort Meester noemen. Niet zomaar Meester Parker, maar *haar* Meester.

Hij zat op de rand van het bed en leunde achterover op zijn ellebogen, terwijl hij naar haar keek. Shelby stelde hem niet teleur. Hoewel ze gekleed was in een Hello Kitty loungebroek en een bijpassend shirt, was ze nog steeds ongelooflijk sexy. Ze wiegde met haar heupen op een deuntje dat alleen zij hoorde, staarde hem verleidelijk aan en tilde langzaam haar shirt centimeter voor centimeter op om hem te plagen. Toen de zoom net onder haar borsten kwam, draaide ze zich om en gaf hem haar rug terwijl ze over haar schouder naar hem grijnsde.

Kleine snotaap.

Parker deed geen moeite om te verbergen dat hij zich moest aanpassen. Zijn pik was hard en klopte, en dat wist ze. Ze tilde het T-shirt over haar hoofd en gooide het opzij voordat ze zich weer omdraaide met haar handen over haar borsten. Hij likte zijn lippen af."

'Laat ze me zien, schatje. Speel met die mooie roze tepels. Ik kan niet wachten om ze in mijn mond te zuigen.'

Shelby kreunde, en deed wat haar gezegd werd. Het was het meest sexy dat hij ooit had gezien. Haar duimen en wijsvingers sloten zich om de stijve toppen en trokken eraan. Haar heupen golfden nog steeds en hij kromde zijn vinger om dichterbij te komen.

'Niet stoppen met spelen.'

Hij ging voorover zitten en trok aan het touw om haar middel. De losse broek viel om haar voeten, waardoor ze naakt voor hem stond omdat ze geen ondergoed droeg. Hij staarde naar het vrouwelijke paradijs voor hem. Ze was kaal gewaxt zoals ze normaal in de club was, en hij wilde dolgraag weten of ze zo lekker smaakte als hij had gedroomd.

Zijn blik ging naar de hare en ze hield haar adem in toen hij een hand tussen haar benen bracht.

'Open voor me, schatje.'

Ze spreidde haar benen en wachtte. Plagend ging hij met een vinger langs haar dij omhoog, over haar heuvel en weer terug langs haar andere been. Hij herhaalde het proces keer op keer, en weerhield zichzelf ervan te snel te gaan.

'Zeg eens. Ben je nat voor me, Shelby?'

'J-ja, Sir.'

De siddering in haar stem deed de Dom in hem plezier.

'Moet ik zelf zien hoe nat je bent?'

'Oh God, alstublieft, Sir. Ja.'

In plaats van zijn eigen vingers door haar plooien te laten gaan, nam hij haar rechterhand en bracht die naar haar kern. Hij drukte op haar vingers, sleepte ze door haar vocht en bracht ze toen naar zijn mond. Hij stak zijn tong uit en likte de natte vingers.

'Fuck, schatje, je bent heerlijk.'

Hij zoog haar vingers in zijn mond en maakte ze een

voor een schoon. Hij trok aan haar heupen tot ze naast hem op het bed lag. Hij gleed van het bed af, knielde tussen haar benen en legde zijn handen onder haar kont.

'Maak het je gemakkelijk, schat. Hou je handen boven je hoofd, niet kronkelen en niet klaarkomen tot ik het zeg. Dit gaat nog wel even duren voordat ik mijn buik vol heb.'

* * *

Oh. Mijn. God. Als ze had geweten dat Parker zo verdomd getalenteerd was met zijn tong, was ze allang bezweken. Boven haar hoofd hield Shelby het dekbed in haar handen terwijl ze haar heupen stil probeerde te houden. Zijn duim streek over haar clitoris en een zucht barstte over haar lippen. Hij had niet gelogen toen hij zei dat hij er de tijd voor zou nemen. Steeds weer likte en zoog hij aan haar plooien voordat hij haar met zijn stijve tong besprong.

In en uit.

Omhoog en erover.

Van links naar rechts.

Draai rond.

Stuwkracht.

Herhalen.

'Oh, ja! Sir, dat voelt zo goed. Alsjeblieft. Mmmeeeeeerrrrr.'

Hij glimlachte tegen haar heuvel om haar smeekbede voordat zijn mond omhoog ging en haar clitoris wat aandacht gaf terwijl een vinger, en toen twee, in haar natte kutje gleed. Ze hijgde nu en haar hart bonsde in haar borstkas. Langzaam bracht hij haar hoger en hoger, en elke keer als ze dacht dat ze het hoogtepunt bereikt had, merkte ze dat er nog meer geklommen moest worden. Zijn vingers stopten niet met hun sensuele aanvallen toen hij zich al kussend een weg omhoog baande langs haar onderbuik en zich bij haar op het bed voegde. Het likken en zuigen ging door aan de ene tepel en daarna aan de andere. Elektriciteit zoemde door haar hele lichaam.

'Je weet niet hoelang ik hier al van droom, Shelby.' Hij knuffelde haar borsten, haar schouders, haar nek.

'Ik wil dat je voor me klaarkomt. Ik wil dat je eerst versplintert rond mijn vingers en dan weer rond mijn pik. Kom voor me, schatje.'

Hij voerde het tempo op terwijl zijn vingertoppen naar dat plekje zochten. De plek die haar over de rand zou sturen. Een beetje meer. Oh, shit, ze was er bijna. Bijna.

'Alsjeblieft,' smeekte ze een fractie van een seconde voordat de golf in haar opsteeg en haar de afgrond in stuurde. Ze had door de jaren heen met veel Doms gespeeld en had makkelijk orgasmes ervaren, en toch nog nooit zoals nu. Dit had ze nooit eerder gevoeld.

Haar lichaam spande en trilde toen een nieuw orgasme achter het eerste aankwam. Een onvrijwillige gil kwam uit haar keel, vlak voordat Parker haar mond met de zijne bedekte en haar bevrijding op alle mogelijke manieren opeiste. Hoe kon ze deze man hierna nog laten gaan?

Hij kwam overeind toen ze weer naar beneden zweefde, happend naar lucht.

'Holy shit.'

Hij kuste de zwellingen van haar borsten en grinnikte.

'Verdomme, dat was prachtig, schatje. Ik kan niet wachten om te voelen wat je net met mijn vingers deed als je het rond mijn pik doet.'

'Ik ook niet, Sir. Wacht alsjeblieft niet.'

'Ha! Ik denk dat je zowat van onderen topt nu, mijn kleine subbie. Ik heb te veel honger om het nu te analyseren.'

Parker trok zijn vingers uit haar kern en reikte naar het nachtkastje naast zijn bed om een condoom uit de la te nemen. Ze wou dat ze hem durfde te vertellen dat bescherming niet nodig was, toch deed ze dat niet. Condooms waren verplicht in de club en ze had al jaren geen seks meer gehad buiten The Covenant. Een medische keuring, inclusief bloedonderzoek en soa-tests, waren ook elke zes maanden verplicht om je privileges te behouden. Ze wist dat ze clean was, en hij waarschijnlijk ook. Totdat ze later aantekeningen zouden vergelijken, was een condoom noodzakelijk. Daar hoefden ze het nu niet over te hebben.

Shelby keek toe hoe Parker zijn T-shirt, versleten spijkerbroek en boxer uittrok. Haar adem stokte bij het zien van zijn harde schacht. Verdomme, wat had die man een lengte. Hoe had ze niet kunnen weten hoe groot hij was?

Omdat, idioot, je eerder weigerde om met hem te spelen en altijd vermeed om naar zijn scènes te kijken, zodat je hem op afstand kon houden.

Ze zei tegen haar innerlijke stem dat ze haar kop

moest houden, terwijl ze toekeek hoe hij het rubberen omhulsel over zijn pik rolde. Jammer dat hij net zo wanhopig leek om in haar te komen als zij was om hem daar te hebben, want ze had graag de tijd genomen om die prachtige lul met haar mond en tong te verkennen.

Hij stapte tussen haar benen door die over de zijkant van het bed waren gedrapeerd en keek haar aan.

'Ga terug op het liggen, schat, en spreid die mooie benen voor me.'

Ze deed wat haar gezegd werd en likte haar lippen af toen Parker tussen haar dijen knielde. Hij legde het topje van zijn pik tegen haar spleetje, kantelde zijn heupen naar voren en drong voorzichtig bij haar naar binnen. Ze wist dat hij het om verschillende redenen rustig aan deed. Ze wenste dat hij ze overboord zou gooien en haar hard en snel zou neuken. Dan zou het te snel voorbij zijn, dus misschien was langzaam wel goed. Haar kern gaf zich over aan de natuurlijke invasie en ze kreunde bij elke stoot van zijn harde, dikke vlees tegen haar wanden.

Met elke kleine stoot baande hij zich een weg verder en verder tot elke centimeter in haar was begraven.

'Fuck! Scht, je bent zo verdomde strak. Niet bewegen. Shit, niet bewegen. Laat me... laat me wat controle krijgen. Anders is dit in een paar seconden voorbij.'

Zijn lichaam was stijf terwijl hij vocht tegen zijn bevrediging. Uiteindelijk, met zijn ellebogen aan weerszijden van haar hoofd, begon hij zich terug te trekken en in haar te plonzen. Hij vulde haar op meer dan een manier. Hij vulde niet alleen haar lichaam, maar ook haar hart, geest en ziel. Als ze niet oppaste, kon ze verliefd worden op deze man.

Wie hou ik voor de gek, ik ben al halverwege.

Hij verhoogde het tempo en neukte haar bij elke stoot harder en harder. Ze hijgde en kreunde bij elke klap van zijn bekken tegen haar clitoris. Ze stond weer op die klif, klaar om voorover te vallen. Parker boog zijn hoofd naar haar borsten en likte haar tepels.

'Kom voor me, Shelby. Neem me mee over die rand.' Hij beet in een van haar stijve tepels en dat was alles wat ze nodig had om in een spiraal van vergetelheid te geraken en hem met zich mee te sleuren.

Terwijl hun orgasmes wegebden, worstelden ze om weer op adem te komen. Parker zakte uit haar en ze jankte bij het verlies van contact. Hij klom van het bed en gooide het condoom weg in de badkamer voordat hij terugkeerde om haar tegen zich aan te drukken. Ze lagen naakt op het dekbed, tevreden in een paar momenten van stilte.

Hij kuste haar wang.

'Gaat het, schat? Ga maar slapen als je wilt.'

Ze nestelde zich dichter tegen zijn borst en drukte haar lippen in zijn nek.

'Ik ben meer dan oké. Als ik slaap, blijf je dan bij me?'

'Natuurlijk. Voordat je wegdrijft, heb ik een verzoek. In tegenstelling tot mijn andere eisen, valt hierover te onderhandelen.'

Ze tilde haar hoofd op zodat ze zijn gezicht kon zien.

'Wat?'

'Ik wil dat je mijn sub bent, Shelby. Ik wil dat je mijn collar draagt. Tenminste, zolang je bij mij blijft. Ik wil dat iedereen weet dat je voorlopig van mij bent. We kunnen onderhandelen en het contract aanpassen na je dutje. Wil je erover nadenken?'

Allemachtig! Dit had ze moeten zien aankomen. Alle tekenen waren er, maar ze had gehoopt dat hij tevreden zou zijn met hun contract zoals het geschreven was.

Nou, jij bent degene die het als eerste heeft geamendeerd.

Zou ze het kunnen? Waarom niet? Hij had geweldig voor haar gezorgd. Dit zou een manier zijn waarop ze hem kon bedanken voor alles wat hij voor haar deed. Een collar was niet voor altijd. Als ze klaar was met haar chemo en zijn hulp niet meer nodig had, kon ze hem zonder gevolgen teruggeven, behalve dan haar gebroken hart. Zijn geluk was alle toekomstige hartzeer waard.

Ze reikte omhoog en streelde zijn wang.

'Ik zou vereerd zijn om uw collar te dragen, Meester.'

Hoofdstuk Negen

Parker hield Shelby's elleboog vast toen ze de trap opliep naar de ingang van de club op de eerste verdieping. Zoals gewoonlijk voor een vrijdagavond was de parkeerplaats afgeladen vol. Hoewel ze zich een beetje moe voelde, wilde ze iedereen bedanken voor hun steun. Het was bekend geworden dat ze kanker had, toch vond ze dat niet erg. De clubleden waren allemaal geweldig geweest. Ze brachten eten naar Parker, haalden haar post op, gaven haar planten water of maakten haar gewoon aan het lachen.

Ze had nog een ronde behandelingen te gaan en dan kwamen de testen om te zien of ze meer nodig had. God, ze hoopte van niet. Ze wilde tijd om te herstellen voor de bruiloft van Devon en Kristen. Ze was al wat afgevallen en was gisteren met Kristen naar de bruidswinkel gegaan om haar bruidsmeisjesjurk weer aan te passen. Of ze nu wel of niet naar de receptie kon komen, ze was vastbesloten erbij te zijn als het bruidspaar hun trouwgeloften uitwisselde. Tenslotte was zij degene geweest die Kristen over de club had verteld toen de schrijfster onderzoek deed naar BDSM voor haar volgende roman. Tijdens de rondleiding die ze had geregeld, begon het liefdesverhaal van Devon en Kristen.

Bovenaan de trap stopte ze om op adem te komen. Parker had aangeboden haar naar boven te dragen, maar ze wilde het zelf doen.

'Gaat het?'

Ze knikte met haar hoofd en de limoengroene lokken van haar pruik wipten rond haar schouders. Hoewel Parker erop had gestaan dat ze een comfortabel maar modieus trainingspak droeg om warm te blijven, wilde ze haar kale hoofd niet aan iedereen laten zien, ook al hadden haar beste vrienden het al gezien. Bovendien stond ze bekend om het dragen van haar gekleurde pruiken, dus het zou niemand hier vreemd voorkomen.

'Ja, het gaat wel.'

'Beloof me dat je het me laat weten als het te veel wordt en je naar huis wilt. Ik heb je hier zo weer weg.'

'Dat zal ik doen. En Parker, bedankt voor alles wat je voor me hebt gedaan. Dat kan ik niet vaak genoeg zeggen.'

Hij nam haar hand en bracht die naar zijn lippen.

'Het was me een waar genoegen, schat.'

Dat was ook de waarheid voor haar. Het was een absoluut genot geweest om bij hem te zijn. Niet alleen hadden ze hetzelfde bed gedeeld sinds de dag dat hij haar hoofd had kaalgeschoren, ze hadden elkaar in alle opzichten beter leren kennen.

Hun wandelingen met Spanky en avonden op het terras waren hun momenten geweest om te praten over alle koetjes en kalfjes. Ze vulden elkaar aan met verhalen over hun jeugd en volwassenheid, hoe ze allebei begonnen waren met de BDSM-levensstijl en wat er op hun bucketlist stond. Ze bespraken films, boeken, kunst, politiek en actuele gebeurtenissen. Het enige waar Shelby spijt van had, was dat ze deze man niet eerder had leren kennen. Dat was haar schuld geweest. Ze hoopte dat ze het nu goed kon maken.

Parker opende de deur en ze liepen naar binnen. Het verbaasde haar dat er niemand bij de balie stond of de ingang bewaakte. Er was zelfs helemaal niemand in de lobby. Ze keek naar hem op.

'Waar is iedereen?'

Hij haalde zijn schouders op en liep naar de antieke houten en ijzeren deuren die naar de club leidden.

'Geen idee. Binnen, denk ik.'

Toen de deur openging en ze naar binnen stapte, viel Shelby's mond open.

'Verrassing!'

Oh. Mijn. God. De bar zat bomvol, iedereen juichte en klapte voor haar. En de mannen... *Allemachtig...* de mannen, en een of twee van de vrouwen, waren kaal, of bijna kaal. Tranen vulden haar ogen toen Ian, Devon en Mitch naar haar toe stapten. Ze hadden dit allemaal voor haar gedaan.

Ian bereikte haar als eerste en kuste haar wang.

'Hé, lieverd. Geen tranen,' hij duimde de eerste tranen weg die vielen, 'we wilden je allemaal laten zien hoeveel we van je houden en er voor je zijn.'

Devon duwde zijn broer uit de weg, nam zijn plaats in en omhelsde haar.

'Geloof maar dat we van je houden, schat. Ik ben niet meer zo kaal geweest sinds ik aan de BUD/s-training begon. Ik scheer mijn hoofd niet voor iedereen. En voordat ik het vergeet, meester Jake en Marco doen je de groeten. Ze zijn de stad uit voor een opdracht en konden hier vanavond niet zijn. Ze zien je als ze thuiskomen.'

Devon liet haar los in Mitch' armen.

'Ik ben nog nooit kaal geweest, behalve toen ik geboren werd.' Nadat hij haar voorhoofd had gekust, gaf hij haar een spottende frons.

'En het is maar dat je het weet, ik en nog steeds van plan om je op de een of andere manier te straffen omdat je ons niet hebt verteld wat er aan de hand was. Onze levens zijn veel mooier met jou erin, en we zullen er altijd voor je zijn.'

Shelby was een snikkende puinhoop toen anderen een rij vormden om haar te begroeten en hun steun toe te zeggen. Angie, Kristen, Kat, Boomer, Brody, Kayla en haar vrouw, Roxy, Tiny en Carter stonden als eersten in de rij. Pas toen de laatste haar naderde, besefte ze dat hij de enige man was die zijn haar nog had.

Na haar op de wang gekust te hebben, haalde Meester Carter een hand door zijn lange, donkerblonde lokken.

'Het spijt me, kleintje. Ik moest dit kapsel voor mijn werk bewaren.' Hij wiebelde met zijn wenkbrauwen.

'Als je wilt, kan ik mijn schaamhaar scheren om het te compenseren. Ik vertrouw je zelfs het scheermes toe als je het voor me wilt doen.'

Het enige wat ze wist over het werk van de man was dat hij voor de overheid werkte en dat hij wekenlang moest verdwijnen. Ze giechelde om zijn geplaag. Naast haar gromde Parker.

'Ik zou met alle plezier een scheermes in je kruis steken, eikel. Als het je nog niet was opgevallen, ze draagt nu mijn collar.'

Carter schoot in de lach en klopte de andere man op de schouder.

'Oh, dat heb ik gemerkt. Ik wilde je alleen op stang jagen. Je bent veel te makkelijk, Park.' Hij knipoogde naar Shelby.

'Als hij over de schreef gaat, laat het me dan weten.'

Glimlachend naar Parker antwoordde ze de andere Dom.

'Dat zal ik zeker doen. Ik denk niet dat ik me daar zorgen over hoef te maken. Hij behandelt me als een prinses.'

'Zoals het hoort, lieverd. Zoals het hoort.'

Het volgende uur was een waas terwijl tientallen leden haar omhelsden en kusten terwijl ze op een kruk aan de bar zat. Geen enkele keer week Parker van haar zijde. Om de tien minuten fluisterde hij in haar oor om te vragen of het goed met haar ging en of ze naar huis wilde. Hoewel een andere vrouw het gevoel zou hebben gehad dat hij haar verstikte, was Shelby dankbaar dat hij om haar gaf. Ze zou de afgelopen weken verloren en ellendig zijn geweest als hij er niet voor haar was geweest. Ergens in die tijd was ze verliefd op hem geworden. Was dat wel genoeg?

Vanavond. Als ze vanavond thuiskwamen, zou ze hem het enige geheim vertellen dat tussen hen in stond en bidden dat het hem niets zou uitmaken. Ze zou bidden dat als haar kanker in remissie ging, hij haar niet terug zou laten gaan naar haar eenzame appartement. Parker Christiansen was niet alleen constant in haar gedachten gekropen. Hij had zich diep in haar hart ingegraven, waar hij zou blijven tot de dag dat ze stierf, of dat nu in de nabije toekomst was of over vijftig jaar.

Parker deed de achterdeuren op slot nadat Spanky klaar was met zijn behoeften en terugkeerde naar het huis. Het was iets na elven en het had hem verbaasd dat Shelby het zo lang had volgehouden in de club. Nou, niet echt, want hij had haar activiteiten tot een minimum beperkt. Ze hadden het grootste deel van de avond aan de bar gezeten. Hij wilde niet dat ze rond zou lopen en te vermoeid zou raken.

Hij was net zo geschokt geweest als zij over de kamer met kale hoofden. Niemand had hem verteld dat ze het deden, maar de massale steun voor Shelby vertelde hem dat hij de juiste beslissing had genomen om haar de anderen over haar kanker te laten vertellen.

Toen hij zich omdraaide bij een geluid achter hem, zag hij dat ze plaatsnam op de bank. Ze was nog steeds aangekleed, haar pruik had ze afgezet.

'Je zou je klaar moeten maken om naar bed te gaan. Je bent vast uitgeput.' Ze klopte op de stoel naast haar.

'Voor nu is het goed. Ik wil eerst ergens met je over praten.'

Zijn maag zonk terwijl hij zat. De manier waarop ze dat had gezegd beviel hem niet.

'Oké. Wat is er?'

Shelby draaide haar handen in elkaar en haar nervositeit vrat aan zijn maag. Hij wilde haar net vragen wat er aan de hand was toen ze van de bank sprong en door de kamer begon te lopen.

'Ik moet je iets vertellen. Ik weet niet zeker hoe je het zal opnemen. De afgelopen weken met jou waren geweldig, beter dan ik ooit had gedacht dat ze zouden zijn, nou ja, ondanks de grote "K" natuurlijk. En ik denk...'

Ze stopte voor hem en vingerde de eenvoudige, zwartleren halsband die hij haar had gegeven om te dragen tot hij iets mooiers kon uitzoeken. Ze ademde diep in en liet het net zo snel weer los.

'Nee, ik denk het niet, *ik weet dat* ik verliefd op je ben geworden.'

Wat? Dat was niet wat hij verwachtte dat ze zou zeggen. *Allemachtig!* Hij stond op en legde zijn handen op haar schouders.

'Zeg... zeg dat nog eens, alsjeblieft. Het klonk een beetje alsof je zei dat je verliefd op me was... en ik hoop echt dat dat is wat je zei.'

'Ik ben verliefd op je.' Deze keer werd het op een sexy fluistertoon gezegd. Toch kwamen de woorden luid en duidelijk over.

Parker nam haar in zijn armen en draaide haar rond voordat hij haar zoende. Toen hij de kus echter probeerde te verdiepen, trok ze zich terug.

'Parker, wacht...'

'Wacht, wat?' Waarom stopte ze? Zijn gedachten speelden haar woorden opnieuw af en toen besefte hij dat hij de woorden nog niet tegen haar had gezegd. *Stomme klootzak!*

'Ik hou ook van jou, Shelby. Ik denk dat ik lang geleden verliefd op je ben geworden.'

Hij liet zijn hoofd zakken om haar lippen weer te vangen. Ze duwde op zijn borst.

'Parker, alsjeblieft. Er is nog iets dat ik je moet vertellen.'

De ernst in haar blik en stem deed hem duizelen van verlangen. Hij deed een stap achteruit en gaf haar wat ruimte.

'Oké. Wat is er?'

Tranen vulden haar ogen terwijl ze op haar onderlip beet. Hij reikte met zijn hand omhoog om haar lip los te wrikken.

'Je kunt me alles vertellen, schat. Nadat je me hebt verteld dat je van me houdt, zal niets anders dat je zegt veranderen wat ik voor je voel. Vertel het me.'

''Ik kan geen kinderen krijgen.' Zijn ogen vernauwden zich bezorgd bij haar onvaste stem. Hij liet haar doorgaan.

'Mijn kanker zeven jaar geleden was eierstokkanker. Het resultaat was dat ze verwijderd werden. Een volledige hysterectomie. Daarom wilde ik nooit eerder met je spelen in de club. Ik wist dat ik makkelijk verliefd op je kon worden, maar jij bent het type man dat een echtgenote en kinderen en kleinkinderen verdient. En...'

Hij was verbijsterd en gekwetst.

'En jij dacht dat ik je zou afwijzen omdat je geen kinderen kunt krijgen? Serieus? Dacht je echt dat ik zo oppervlakkig was?'

'Nee! Nee, Parker. Ik dacht dat je iemand beter verdiende dan mij. Iemand die je kon geven wat ik niet kon.'

'Ah, Shelby. Schatje.' Hij trok haar weer in zijn armen.

Hoeveel tijd hadden ze samen gemist door haar onzekerheden?

'Hoe kon je dat ooit denken? Ik ben degene die zich zorgen maakt dat jij iemand verdient die beter is dan ik. Ik weet niet hoe ik een goede echtgenoot en vader moet zijn, ik had geen goed rolmodel toen ik opgroeide. Mijn ouders waren meer bezig met hun sociale leven dan met hun zonen. Het huishoudelijk personeel was liefdevoller voor ons dan onze ouders waren. En wat als je onze kinderen niet kunt baren? Er zijn andere opties zoals draagmoeders of adoptie. Bloed maakt je nog geen goede moeder. De liefde die je een kind geeft doet dat. Ik hou van je, schatje. Zoals ik eerder al zei, niets wat je zegt zal dat veranderen.'

Ze staarde naar hem op met waterige ogen.

'Wil je de liefde met me bedrijven, Meester?'

Hij nam haar kin vast en staarde haar aan, terwijl hij wist wat ze eigenlijk vroeg. Haar gebruik van zijn titel gaf aan dat ze wilde dat hij de controle overnam, dat hij haar domineerde. Maar de andere woorden betekenden iets meer. Ze waren begonnen als vrienden die D/s "speel"partners werden. Vanavond zou het verder gaan dan dat. Vanavond zouden ze geliefden worden in elke betekenis van het woord.

Hij boog door zijn knieën, nam haar in zijn armen en droeg haar naar hun slaapkamer. Het vertrouwen in haar ogen maakte hem nederig. Ze gaf hem haar hart, haar liefde en haar wereld en hij zou ze allemaal koesteren.

Terwijl hij haar op haar voeten naast het bed zette, trok hij woordeloos haar kleren uit en daarna de zijne. Toen ze allebei naakt waren, vroeg hij, 'zal ik mijn speelgoedtas pakken, schatje? Kun je dat aan? Ik beloof dat ik het rustig aan zal doen, alleen een paar speeltjes om je plezier te geven.'

Shelby knikte.

'Ik hou van je en vertrouw je. Doe wat u wilt, Meester.'

'Ik hou van dat woord over jouw lippen. En ik hou ook van jou. Ga in het midden van het bed liggen. Ik ben zo terug.' Hij draaide zich naar de deur en kreunde.

'Eerlijk, Spanky, hier hebben we geen publiek voor nodig. Kom op, ik haal wat lekkers voor je.'

De grote sukkel stond met zijn hoofd in de deuropening. Het woord traktatie deed hem naar de keuken sprinten. Parker grinnikte toen de hond hem in de gang tegemoet kwam en zijn snoeppot op de grond liet vallen. Hij viste er een botvormig koekje uit en overhandigde het voordat hij zijn speelgoedtas uit de kast pakte. Kort nadat Shelby bij hem was ingetrokken, had hij de tas geïnventariseerd en ervoor gezorgd dat hij alles had wat hij nodig zou hebben als ze met hem wilde spelen.

Terwijl hij Spanky achterliet, droeg hij de zwarte plunjezak terug naar de slaapkamer. Toen hij Shelby verleidelijk op het bed zag liggen, werd hij harder dan hij de hele nacht was geweest. Verdomme, wat was ze mooi.

'Spreid je armen en benen, schatje.'

Ze vroeg zich niet af waarom. Ze deed gewoon wat hij haar had opgedragen. De hitte in haar ogen werd weerspiegeld in die van hem. Toen hij om het voeteneind van het bed heen liep, ging zijn blik naar haar blote kutje, dat al glinsterde van vocht. Voor hem. Hij kon niet wachten om zich aan haar tegoed te doen. Eerst iets anders.

Hij bevestigde snel de boeien aan het bed en ketende haar polsen, zodat ze aan hem was overgeleverd. Na een dubbele controle bleek dat hij ze niet te strak had vastgemaakt. Haar ijzergehalte was nog steeds te laag, dus hij moest oppassen dat hij haar geen blauwe plekken gaf.

'Lig je lekker, schat?'

'Ja, Sir.'

'Goed.' Hij haalde nog een paar spullen uit zijn tas en legde die op het bed voordat hij de plunjezak op de grond liet vallen.

'Buig je benen en zet je voeten op het bed.'

Toen ze gehoorzaamde, klom hij tussen haar knieën en pakte een tube glijmiddel. Voor zover hij wist, was het lang geleden dat iemand haar kont had geneukt, als dat al ooit was gebeurd. De scènes en ménages waaraan hij haar in de club had zien deelnemen, waren altijd een combinatie van orale en kutseks. Anale pluggen waren een ander verhaal. Hij wist dat ze daarvan genoot. Misschien zou ze hem ooit haar achterste laten neuken. Voor vanavond zou een nieuwe vibrerende plug haar daar vullen. Ze keek toe hoe hij de verpakking opende en het uiteinde van het speeltje insmeerde met glijmiddel.

Hij spreidde haar billen en ging met de punt over haar gebobbelde rozet, waardoor ze kreunde.

'Vind je dat lekker, schatje?'

'Ja, Sir.'

'Dan ga je dit nog leuker vinden.'

Hij voerde de druk op, duwde het uiteinde naar binnen en was opgetogen toen hij haar kutje natter zag worden. Met korte stoten schoof hij de plug naar voren tot haar gaatje zich om het smalste deel sloot. Hij zette de kleine schakelaar aan en Shelby hijgde.

'Oh, shit'

Hij wist dat alle zenuwen in haar kont in brand stonden, grijnsde en ging weer staan. Deze keer hield hij haar enkels vast zodat ze gespreid voor hem lag. Hij keek hoe haar heupen kronkelden en omsloot zijn pik.

'Ik kan niet wachten om in je te komen, schatje, maar ik zal wel moeten. Er is nog zoveel dat ik met je wil doen voor die tijd. Sluit je ogen.'

Hij pakte de korte flogger en liep naar de zijkant van het bed. Met een zachte hand liet hij de strengen leer op haar borsten vallen. Haar gekreun vertelde hem dat ze het harder wilde. Zolang ze ziek was, was dat geen optie. Door haar bovenlichaam met zachte slagen te besprenkelen, werkte hij de flogger van haar borst naar haar heuvel en weer terug. Telkens als hij haar clitoris en kutje raakte, smeekte ze om meer. Ze hield haar ogen gesloten.

'Alsjeblieft, meer, Sir. Oh, shit, precies daar. Ja!'

Haar huid begon lichtroze te kleuren en haar tepels werden hard voor hem. Hij gooide de flogger opzij, boog zich voorover en zoog een van de stijve pieken in zijn mond terwijl zijn hand langs haar buik naar haar clit gleed. Nadenkend over wat zijn tong en tanden met haar tepel deden, gingen zijn vingers over het blootliggende tepeltje en knepen erin.

Haar kreten van behoefte en verlangen spoorden hem aan. Hij liet haar tiet met een knal los en leunde over haar lichaam, zodat zijn mond zich om haar andere kon sluiten en die dezelfde aandacht kon geven. Zijn vingers gleden verder tussen haar benen en ontdekten dat ze doorweekt was voor hem. Hij liet de toppen tussen haar schaamlippen glijden, krulde zijn vingers in haar en voelde hoe ze zich inhield om haar heupen niet omhoog te duwen. *Zo'n braaf subje.*

De vibrator in haar kont deed de wanden van haar geslacht trillen terwijl hij haar met zijn vingers neukte. Haar smeekbeden gingen een octaaf hoger toen hij haar G-spot vond en er krachtig over wreef. Zijn behoefte om in haar te zijn groeide.

'Kom voor me, schatje. Kom voor me, en dan geef ik je mijn lul.'

Haar lichaam spande zich aan en spatte uit elkaar. Schreeuwen van genot vulden de lucht toen het orgasme in golven door haar heen joeg. Haar voor hem zien klaarkomen was het meest ongelofelijke gezicht dat hij de rest van zijn leven elke dag wilde zien.

Zodra ze weer naar deze wereld afzakte, greep hij in de la van het nachtkastje naar een condoom. Haar schorre stem hield hem tegen.

'Alstublieft, Sir, niet doen. Ik wil je voelen. We hebben geen van beide een ziekte en hoeven ons geen zorgen te maken over een mogelijke zwangerschap. Alsjeblieft?'

Zijn pik verstijfde dat het pijn deed. Nooit eerder in zijn leven had hij zonder bescherming seks gehad. Ze hadden allebei hun halfjaarlijkse, door de club opgelegde lichamelijk onderzoek gehad in de afgelopen weken en waren sindsdien alleen nog maar met elkaar geweest. Haar nemen zonder barrière was iets wat hij het liefste wilde.

In plaats van verder in de la te zoeken, reikte hij naar haar toe en begon haar boeien los te maken. Hij had haar handen nodig als ze de liefde bedreven. Het speelkwartier was voorbij en er was passie voor in de plaats gekomen. Hij verwijderde de anale plug en liet hem op zijn T-shirt vallen, bovenop de stapel kleren op de grond. Hij klom op het bed en zei tegen haar, 'schuif eens op, schat. Ik wil dat je bovenop me zit.'

Ze wisselden van plaats. Ze zat bovenop zijn heupen, haar ogen vol liefde en verlangen. Hij had haar nog nooit zo gezien ... dit was een Shelby waarvan hij hoopte dat niemand haar ooit eerder had gezien. Ze was verliefd... op hem... en daardoor was hij de gelukkigste man ter wereld.

Ze sloeg haar hand om zijn schacht en leidde hem bij haar naar binnen. Hemels. Hij wilde dit moment in zijn geheugen griffen zodat hij zich over vijftig jaar nog steeds de eerste keer kon herinneren dat er niets tussen hen was geweest. Met haar handen op zijn borst ter ondersteuning liet ze zich tergend langzaam zakken tot hij eindelijk diep in haar kern begraven was. Natte, verzengende hitte omringde hem. Zijn ogen rolden terug in zijn hoofd toen ze zichzelf weer omhoog begon te tillen.

'Verdomme, schatje, dit is ongelooflijk. Jij bent ongelooflijk. Berijd me, schatje.'

Zijn handen grepen haar heupen en samen vonden ze een ritme waardoor ze al snel alle controle verloren. Met zijn duimen tegen de zijkanten van haar clit, dreef hij haar hoger en hoger. Zij moest als eerste komen, zij zou altijd als eerste komen in zijn leven. Hij stootte in haar, zichzelf inprentend in haar lichaam. Ze was nu van hem. Zijn sub. Zijn liefde. En op een dag, zijn echtgenote.

'Nu, schatje! Kom nu voor me!'

Ze gooide haar hoofd naar achteren, versplinterde om hem heen en bracht hem seconden later mee over de rand. *Allemachtig*. Hij kon niet stoppen met klaarkomen toen hij zijn zaad in haar leegde. Haar vingers krulden in zijn borst en lieten krassen achter die hij met eer zou dragen. Hij vond het heerlijk dat ze hem markeerde.

Snakkend naar lucht trok hij haar tegen zijn borst, omdat hij zo lang mogelijk in haar wilde blijven. Hij wist niet zeker hoe lang ze zo bleven liggen tot zijn benen verkrampten. Met tegenzin trok hij zich uit haar lichaam terug en rolde haar opzij.

Hij rekte zich uit, zorgde dat hij kon staan en ging toen naar de badkamer om een nat washandje te halen. Nadat hij hen allebei had schoongemaakt, ging hij weer liggen en legde haar in zijn zij met haar hoofd op zijn schouder. Hij liet zijn vingers over haar ruggengraat glijden en kuste de bovenkant van haar kale hoofd.

'Ik hou van je, schat.' Ze drukte haar lippen op zijn

borst.

'Ik hou ook van jou.' Er viel een pauze.

'Mag ik je iets vragen?'

'Alles. Dat zou je nu toch moeten weten.'

Er klonk wat onbehaaglijkheid in haar stem.

'Stoort het je dat ik met andere Doms in de club heb gespeeld? Je klonk jaloers op Meester Carter.'

Zuchtend liet hij zijn vrije hand over zijn gezicht gaan.

'Een deel van mij is jaloers, ja. Dat kan ik niet ontkennen. Ik zit lang genoeg in het leven om te weten dat spelen niet altijd gepaard gaat met emoties. Het kan gewoon een fysieke en mentale uitlaatklep zijn. Tot nu toe heb ik je nog nooit emotioneel betrokken gezien bij een scène en die kennis zegt dat je van mij bent. *Jij. Bent. Van mij.* Shelby. Ik hou van je. Ik heb die woorden nog nooit tegen een vrouw gezegd, zelfs niet toen ik als tiener probeerde in de broek van een meisje te komen. Het feit dat ik die woorden elke dag denk als jij er bent, zegt me dat het echt is. Ik hou van je, Shelby, en ik wil de rest van ons leven spenderen om je dat te bewijzen.'

Ze steunde op haar elleboog en ontmoette zijn blik.

'Ik heb die woorden nog nooit tegen iemand gezegd, behalve tegen Brandon Davis in de brugklas, dus technisch gezien telt dat niet.' Een glimlach verspreidde zich over haar gezicht toen hij grinnikte.

'Ik hou ook van jou, Meester. Ik zou graag de rest van ons leven spenderen om je dat te bewijzen."

Shelby knuffelde hem nog een keer en viel in zijn armen in slaap. Hij wist dat hij zijn reden om te leven had gevonden. Hij was geboren om de hare te zijn.

Hoofdstuk Tien

Het verkeer in Boston was 's middags druk en Parker tikte ongeduldig op het stuur, wachtend tot het licht op groen sprong. Shelby reikte naar hem toe en raakte zijn hand aan.

'Het komt goed met je moeder. Daar ben ik zeker van.'

Hij vlocht hun vingers in elkaar en kuste de rug van haar hand.

'Bedankt dat je met me mee bent gekomen. Het betekent veel voor me.'

'Hoe kon ik dat niet, na alles wat je voor me gedaan hebt? Ik zou nooit in Florida blijven als ik hier voor jou kon zijn. Ik hou van je.'

Zijn hart zwol op, zoals elke keer als hij die woorden van haar hoorde. Zodra hij er zeker van was dat zijn moeder in orde zou zijn, zou hij een verlovingsring voor Shelby uitzoeken. Hij wilde haar laten weten dat hij met haar wilde trouwen, ongeacht de testresultaten van vrijdag. In rijkdom en armoede, in ziekte en gezondheid, ze zou zijn vrouw worden, al was het het laatste wat een van hen op deze aarde zou doen.

Ze had gisteren haar bloedonderzoek en MRI laten doen, vlak voor het telefoontje van zijn vader dad zijn moeder een hartaanval had gehad. Shelby belde onmiddellijk haar dokter om haar afspraak twee dagen uit te stellen. Ze wilde per se met hem mee naar Boston en accepteerde geen nee.

'En ik hou ook van jou.'

Tien minuten later reed hij de woonwijk van zijn ouders in en de angst sloeg toe in zijn buik. Hij had zich nooit gerealiseerd hoe erg hij het vond om thuis te komen. Hij hoorde hier niet thuis, dat had hij nooit gedaan. Toen hij opgroeide, had hij zich vaak afgevraagd of hij geadopteerd was. Helaas, zijn broer, zijn vader en hij hadden dezelfde moedervlek achter in hun nek en zijn babyfoto leek sprekend op die van zijn vader op die leeftijd. Gelukkig had hij alleen fysieke eigenschappen van de man geërfd en geen persoonlijkheidskenmerken.

'Deze huizen zijn enorm en prachtig. Ben je hier opgegroeid?' Parker gaf haar een halfslachtige glimlach.

'Het had zijn voor- en nadelen, met als nadeel dat het voelde alsof ik in een museum was opgegroeid. We mochten als kinderen nooit iets aanraken op de begane grond. God verhoede dat we een kristallen vaas van vijftigduizend dollar omstootten.'

Shelby kromp ineen.

'Vertel me dat alsjeblieft niet. Ik ben al nerveus genoeg.'

Hij stuurde hun huurauto de lange oprit op naar het landhuis van zijn ouders en kneep in haar hand.

'Het komt wel goed met je. Zodra we bij mijn vader zijn, gaan we naar het ziekenhuis om mijn moeder te zien. Ik heb een hotel voor ons in de buurt gereserveerd. Ik heb geen zin om meer tijd dan nodig in dit huis door te brengen."

Hij fronste zijn wenkbrauwen toen hij zag dat er verschillende andere auto's geparkeerd stonden aan de zijkant van de ronde oprit. Had zijn vader nog ander gezelschap dan Dave? Nadat hij uit de auto was gestapt, nam Parker Shelby's arm en leidde haar de trap op naar de voordeur. Hij belde aan. Ze trok haar wenkbrauwen naar hem op.

'Heb je geen sleutel?'

'Echt niet. Ik wil er geen.' De deur ging open en de oude Britse butler van de Christiansens stond in de hal.

'Welkom, meneer Parker. Het doet goed om u weer te zien.'

Naast Parker giechelde Shelby en hij wierp een blik op haar. Ze bracht haar hand naar haar lippen.

'Sorry. Ik had de titel niet verwacht.'

Hij knipoogde naar haar voordat hij weer naar de andere man keek, die een stap achteruit had gedaan om hen binnen te laten.

'Dank je, Frederick. Dit is mijn vriendin, Shelby Whitman.'

'Het is een genoegen u te ontmoeten, Miss Whitman.' Shelby stak haar hand uit en verraste daarmee de oudere man.

'Het is ook leuk jou te ontmoeten, Frederick. Noem

me alsjeblieft Shelby.' De butler schudde haar de hand met een geamuseerde maar vriendelijke glimlach.

'Ja, Miss Shelby. Meneer Parker, uw vader wacht op u in de bar. Zal ik uw koffers halen?'

'Bedankt, en nee. We verblijven in een hotel.' Hij gaf een zacht rukje aan haar hand.

'Kom op. Laten we dit snel afhandelen.'

Terwijl ze door meerdere weelderige kamers liepen om te komen waar ze heen gingen, hijgde Shelby en mompelde, 'Verdomme.'

Parker snoof, 'ik zei het je, het is een verdomd museum.'

'Je maakte geen grapje.'

Toen ze de grote barruimte binnenkwamen, vielen hem meteen verschillende dingen op. Een, zijn vader lachte en maakte grapjes met meneer en mevrouw Holloway en Dave en zijn vrouw terwijl de drie mannen aan een whisky nipten die meer dan vijfhonderd dollar per fles kostte. Twee, Cynthia Holloway glimlachte naar hem, maar leek alsof ze ergens anders wilde zijn dan in die kamer. Het meest schokkende van alles was Janet Christiansen die in het midden van alle activiteit zat, kerngezond.

'Parker! Blij dat je erbij kon zijn, zoon.'

Woede gierde door hem heen en zijn vuisten balden zich bij de dreunende stem van zijn vader. Hij was een beer van een man, met ongeveer vijf centimeter en twintig kilogram meer dan Parkers eigen gestalte.

'Natuurlijk ben ik hier. Wat ik niet begrijp, is wat moeder hier doet terwijl ze eigenlijk in het ziekenhuis zou moeten liggen vanwege een hartaanval.'

Alan Christiansen stapte naar hem toe en wuifde nonchalant met zijn hand.

'Oh, dat. Blijkbaar was dat de enige manier om je op bezoek te krijgen.'

'Wat?' siste hij, 'je hebt gelogen over een hartaanval en dat ze op de rand van de dood stond, alleen maar om mij alles te laten vallen en hierheen te laten rennen?" Hij kon het venijn niet uit zijn stem houden.

'Waarvoor? Een cocktailparty?'

'Parker! Je hoeft niet te vloeken,' sprak zijn moeder streng alsof hij nog acht jaar oud was, 'Het was een misverstand.'

'Nee, moeder. Er is sprake van een misverstand als je iemand echt *verkeerd begrijpt*. In dit geval is het verdomd duidelijk dat er geen misverstand was. Het was oplichterij om mij hier te krijgen.'

Dave stond op.

'Rustig aan, Parker. Wat maakt het uit? Je bent nu hier. Laat me wat te drinken voor je halen.'

De aderen in zijn slapen pulseerden terwijl zijn bloed een kookpunt bereikte.

'Ik wil verdomme niets drinken. Ik wil verdomme weten wat er aan de hand is.' Zijn vader hief zijn glas whisky.

'We hebben iets te vieren. Ik stel me kandidaat voor de Senaat en ik wil dat mijn hele familie hier is als ik het morgen aankondig. De pers zal er in grote getale zijn, dus trek je beste pak aan en niet die spijkerbroek.'

Ze moesten hem voor de gek houden. Waren er verborgen camera's in de kamer? Werd hij in de maling genomen? Was dit allemaal bedrog geweest zodat ze konden doen alsof ze een grote, gelukkige familie waren voor de verdomde pers?

'Oh, wie is dit?'

De nieuwsgierige vraag van zijn moeder zorgde ervoor dat hij haar aankeek om erachter te komen over wie ze het had. Op dat moment herinnerde hij zich dat Shelby achter hem stond en getuige was van deze opgefokte familiereünie. Hij verontschuldigde zich met zijn ogen, pakte haar hand en trok haar naar zich toe. Gelukkig leek ze zijn flater te vergeven.

'Dit is mijn vriendin, Shelby Whitman. Shelby, helaas, dit is mijn familie.'

'Vriendin?' snoof Dave en grijnsde, 'Ze is een hoer van die seksclub waar je rondhangt.'

Parker knapte toen een rode waas zijn zicht overspoelde. Voordat iemand anders kon reageren, stond hij aan de andere kant van de kamer en tackelde zijn broer. Zijn vuisten vlogen in het rond terwijl hij de man tot moes sloeg. Er klonk geschreeuw en geblaf uit de kamer. Hij negeerde ze allemaal. Nog nooit had het zo goed gevoeld om iemand in elkaar te slaan.

'Parker, stop alsjeblieft! Je moet stoppen! *Meester!*'

Het was dat met angst gevulde laatste woord dat zijn verwarde brein binnendrong. Hij trok zijn vuist halverwege de zwaai terug en richtte zijn blik op Shelby's hazelnootkleurige ogen. Mooie Shelby. De vrouw van wie hij hield. De moedige vrouw die hem de afgelopen weken meer liefde had gegeven dan zijn familie in zijn hele leven.

Onder hem kreunde Dave door zijn gezwollen en bloedende lippen. Parker stond op en Shelby haastte zich in zijn armen. Hij hield haar stevig vast en liet haar liefde zijn verscheurde ziel repareren.

'Het spijt me, schat. Het spijt me dat je dit moest meemaken.'

'Het is goed,' snikte ze tegen zijn borst, 'laten we gewoon gaan.'

'Dat denk ik ook.'

Rechter Alan stapte naar voren, zijn gezicht rood van woede en ongeloof.

'Wat is er verdomme mis met jou, Parker? Je verkiest deze slet boven je eigen bloed! Je gaat hier nu weg en je kunt vergeten ooit nog terug te komen. Ik zal je onterven.'

Grijnzend naar zijn spermadonor gromde hij.

'Te laat, *Alan*. Ik heb je al verstoten. Shelby is mijn familie en zij is alle familie die ik nodig heb. De rest van jullie kan naar de hel lopen.'

Hij nam haar tegen zijn zijde en leidde haar naar de deuropening, de stotterende protesten achter hem negerend. Hij moest haar daar weg krijgen.

Ze waren halverwege de trap toen hij haar hoorde, 'Parker! Parker, wacht.'

Hij negeerde de vrouwenstem en liep door. Shelby wierp een blik over haar schouder en hield hem tegen. Hij draaide zich om en wachtte tot Cynthia de trap af liep.

'Parker, het spijt me zo. Ik had geen idee wat er aan de hand was en dat ze je hierheen hadden gelokt. De enige reden dat ik kwam, was om je gedag te zeggen. Geloof me, ik heb net zo min zin om in die kamer te blijven als jij.'

Zijn schouders ontspanden een beetje toen zijn oude vriendin zich met een glimlach naar Shelby draaide.

'Hoi. Ik ben Cynthia. Shelby, was het toch?'

'Já,' gaf ze met haar eigen aarzelende glimlach toe.

De mooie brunette stak haar hand uit, die Shelby schudde.

'Het is zo leuk je te ontmoeten. Ik wou alleen dat het niet zo was gegaan. En het spijt me zo hoe je daar bent behandeld. Ondanks dat onze ouders erop staan dat we bij elkaar komen, zijn Parker en ik gewoon oude vrienden. Als het helpt, ze mogen mijn partner ook niet.' Snuivend gaf Parker haar een wrange grijns.

'Laat me raden. Hij is een doorsnee arbeider?' Cynthia was nooit de sociale klimmer geweest die veel van hun andere vrienden waren.

'Leraar wetenschappen op de middelbare school, eigenlijk. En hij is een zij. Becky en ik zijn nu iets meer dan zes maanden samen.'

Parker was stomverbaasd. dit had hij nooit geraden. Dat maakte hem niet uit.

'Dat is geweldig. Ik ben blij voor je.'

'Ik ook. En ik ven ook blij voor jou.' Ze wierp een blik terug naar het huis en paste de handtas aan waarvan hij niet had gemerkt dat ze die bij zich had.

'Luister. Ik ga niet terug naar binnen, en aangezien jij natuurlijk nooit meer terug naar binnen gaat, willen jullie tweeën vroeg gaan eten? Ik zal Becky bellen en haar laten weten waar ze ons kan vinden.'

Hij wierp een blik op Shelby, die instemmend knikte met opluchting in haar ogen bij het vriendelijke gebaar van de andere vrouw.

'Klinkt goed, Cyn. We verblijven in het Boston Harbor Hotel. Waarom zien we elkaar niet over een uur in de eetzaal zodat we kunnen inchecken?'

'Perfect. Laten we weggaan van al dit snobisme en Shelby's bezoek aan onze mooie stad leuk maken.'

Het was het beste idee dat hij de hele dag had gehoord.

Hoofdstuk Elf

Parker klom na een bezoekje aan de badkamer terug in bed en trok Shelby in zijn armen, precies waar ze hoorde. Zijn bewegingen waren voorzichtig, zodat ze nog wat langer kon slapen voordat ze moesten opstaan en douchen, hopelijk samen. Haar afspraak bij de dokter was over twee uur. Het was maar tien minuten rijden naar het kantoor.

Ze waren gistermiddag teruggekeerd naar Tampa nadat ze hadden ontbeten met Cynthia en haar vriendin Becky. De drie vrouwen hadden de avond ervoor geweldig met elkaar kunnen opschieten en Parker had het andere stel uitgenodigd om hen in Florida te bezoeken als ze de kans hadden. Hij was dankbaar dat ze hadden geholpen om Shelby's verschrikkelijke ervaring te vergeten.

Toen ze gisteren iets na vieren thuis kwamen, had Parker Shelby in bed geholpen. Ze was uitgeput, want ze had niet kunnen slapen in het vliegtuig. Nadat ze was ingedommeld, had hij Angie gebeld en gevraagd of ze even op haar kon passen terwijl hij een boodschap deed. De vrouw had snel ja gezegd.

Shelby bewoog en knipperde naar hem.

'Hoi.'

'Hoi terug. Hoe voel je je?'

Ze rekte zich uit en haar lichaam tegen het zijne deed zijn ochtendhout weer opleven.

'Ik voel me goed. Ik moet eerst naar het toilet.'

Zijn ogen volgden haar kont terwijl ze door de kamer schuifelde naar de grote badkamer. Toen de deur dichtging, sprong hij uit bed en opende de bovenste lade van zijn dressoir. Hij haalde de twee doosjes tevoorschijn die hij daar had verstopt. In een oogwenk lag hij weer in bed, samen met Spanky, die leek te denken dat dit een nieuw spelletje was. Parker wees naar zijn voeten. De hond begreep de boodschap en ging aan het voeteneind van het bed liggen.

Parker verstopte de doosjes onder zijn kussen en probeerde niet nerveus te lijken zodra de badkamerdeur weer openging en zijn mooie Shelby naar buiten kwam. Ze ging met haar tong langs haar tanden en hij wist dat dat betekende dat ze ze gepoetst had. De afgelopen weken had hij al haar eigenaardigheden en gewoontes leren kennen en hij hield van elk ervan omdat ze haar zo uniek maakten. Ze klauterde terug in bed en glimlachte toen Spanky zijn grote hoofd over haar enkels legde.

Parker pakte haar hand en staarde in haar ogen. Daarin zag hij zijn toekomst. Ze zouden vandaag goed nieuws krijgen. Daar was hij zeker van. Hij wilde dat ze wist dat, of het nieuws nu goed was of niet, hij zijn vraag niet alleen stelde omdat haar kanker in remissie was.

'Schatje, voordat we opstaan en ons aankleden, heb ik een cadeautje voor je.'

Haar ogen vernauwden zich naar hem.

'Cadeau? Waarvoor?'

Hij reikte onder zijn kussen, haalde het grootste doosje tevoorschijn en overhandigde die aan haar.

'Maak maar open.'

'Parker, wat is er?'

Hij haalde zijn schouders op en stak zijn kin in de richting van de verpakking op haar schoot. Ze liet zijn hand los, opende het doosje en hapte naar adem. Gelukkig was het een goede zucht.

'Parker, het is prachtig.'

Hij ging rechtop zitten en tilde de gouden collar op met een regenboog aan gekleurde edelstenen.

'Ik wist meteen toen ik deze zag dat het perfect voor je was. De stenen passen bij elke pruik en outfit die je in de club wilt dragen. Hij zal je nog steeds mooi staan, of je nu kaal blijft of je haar teruggroeit,' hij pauzeerde, 'Eigenlijk ben jij het die de collar mooi maakt. Wil je hem dragen, Shelby? Wil je mijn sub zijn voor hoe lang we ook samen hebben?'

Haar ogen vulden zich met tranen toen ze zijn pols aanraakte.

'Ja. Oh, ja. Ik hou van u, Meester. Voor hoe lang we ook samen hebben, ik zal je sub zijn.'

Hij bracht de collar naar haar nek, maakte de sluiting vast en kuste toen de tranen op haar wang.

'Shhh, schatje. Ik heb nog een vraag voor je.'

Ze snoof en knikte terwijl ze haar vingers langs de collar liet glijden. Hij reikte weer onder het kussen, haalde het kleinere doosje tevoorschijn, stond op en liep rond het bed naar haar toe. Haar kaak viel open toen hij op een knie ging zitten en het deksel van het doosje opende, waarop een twee karaats, smaragdgeslepen diamanten ring te zien was, omringd door dezelfde edelstenen die in haar halsband zaten.

'Nu je ermee hebt ingestemd om voor altijd mijn sub te zijn, wil je er ook mee instemmen om mijn echtgenote te worden? Ik hou van je, Shelby. Ik hou van de kinderen die we zullen adopteren en zo goed mogelijk zullen opvoeden. Ik hou van de honden die we zullen redden, zodat Spanky wat vrienden heeft om mee rond te hangen als we hem uit de slaapkamer schoppen, zodat we geen publiek hebben. En ik hou van elke seconde dat je aan mijn zijde en in mijn armen bent, waar je thuishoort. Wil je met me trouwen?'

* * *

In de kleedkamer van de kerk legden Kristen Anders' bruidsmeisjes en getuige de laatste hand aan haar jurk, haar en make-up. Daarna speldde Angie een enkele rozenknop op Wills witte smoking revers terwijl Shelby de boeketten van de vrouwen uitdeelde. Toen Kristen haar bloemen aannam, pakte ze Shelby's hand.

'Ik wil dat je weet hoe blij ik ben dat je vandaag bij ons bent en dat nog lang zult zijn. En waag het niet om aan weglopen te denken, want we kunnen nu al niet wachten om ook jullie grote bruiloft te gaan plannen. Parker is een speciale jongen en hij kan maar beter weten dat hij geluk heeft gehad en een geweldige vrouw heeft gekregen.'

Shelby gaf haar een luchtkus over haar wang, zodat ze hun make-up niet zouden verpesten en grijnsde toen naar de rest van de groep.

'Ik had niet alles kunnen doorstaan zonder jullie allemaal. Maak je geen zorgen, hoewel we waarschijnlijk geen grote bruiloft zullen hebben, heb ik toch jullie hulp nodig bij het plannen ervan.'

'Dames en Will, het is tijd.' Bill Anders stond in de deuropening, gekleed in zijn zwarte smoking, naar zijn dochter te staren.

Lieverd, je ziet er prachtig uit.'

Er kwam een blos op de wangen van de bruid.

'Bedankt, pap.'

Terwijl ze vader en dochter even alleen lieten, haastten de anderen zich naar buiten om zich achter in de kerk op te stellen. Will begeleidde Angie naar het altaar omdat Ian, de getuige, al bij het altaar stond met de bruidegom. Jenn had twee begeleiders, Brody en Marco, terwijl Kayla aan Boomers arm naar voren liep. Shelby werd gekoppeld aan Nick, de jongste van de Sawyer broers, die verlof had gekregen van zijn SEAL team in Californië, en Jake, de laatste van Kristens Sexy Six-Pack. En verdomd, pasten ze in hun marine kleding of wat? Ze was stapelverliefd op haar Meester, maar ze moest wel in een coma liggen om niet te zien hoe knap de jongens eruitzagen in hun uniformen. Over bloedmooi gesproken.

Jake kwam dichterbij en kuste haar lichtjes op haar wang.

'Je ziet er geweldig uit, Shelby. Mooi haar.'

Ze trok aan zijn kleine paardenstaart.

'Ik hou ook van het jouwe.'

Toen ze vorige week terugkwamen van hun opdracht buiten de stad, had ze Marco en Jake verteld dat ze hun hoofd niet hoefden te scheren, zoals iedereen had gedaan. Alle kale koepels waren meer dan komisch geweest na haar eerste reactie. Aangezien ze nu in remissie was, was ze er klaar voor om iedereen, inclusief zichzelf, weer normaal te zien worden. Terwijl het haar vn de andere clubleden de afgelopen weken was teruggegroeid, liet dat van haar verdomd lang op zich wachten.

Kristen had haar gezegd dat ze een van haar gekleurde pruiken kon dragen of, als ze dat wilde, een marineblauwe sjaal om haar schaarse babyhaar. Shelby wilde de schijnwerpers niet van de bruid afhalen. Parker was laatst met haar naar de pruikenwinkel gegaan en had haar geholpen een kort kapsel uit te zoeken dat iets langer was dan hoe ze het droeg voordat ze ziek werd.

Parker. Alleen al door aan hem te denken, zochten haar ogen in de drukke kerk naar hem. Ze kon niet wachten tot haar dokter haar toestemming gaf om weer te gaan spelen, want Parker hield het tot die tijd relatief rustig. Zodra haar bloedarmoede door de chemo weg was, zou hij haar een pak slaag geven voor alle overtredingen die ze de laatste tijd opzettelijk had begaan. En de verwachting maakte haar gek.

Terwijl de eerste noten van de muziek de lucht in zweefden, begonnen Kayla en Boomer aan hun wandeling door het gangpad. Shelby en haar begeleiders waren de volgende en toen ze die eerste stap zette, zag ze Parker aan het einde van een rij, halverwege het gangpad. Hij zat naast Kayla's vrouw, Roxy, en Kat. Zijn ogen waren alleen op haar gericht. Met haar hand onder Jakes arm hield ze haar verlovingsring vast. Ze kon nog steeds niet geloven dat ze verloofd was met de geweldigste man ter wereld.

Parker knipoogde naar haar en ze glimlachte terug, zich herinnerend wat hij haar die ochtend had verteld.

'Binnenkort komt iedereen bij elkaar voor onze bruiloft, schatje. Dan kan ik de rest van mijn leven mevrouw Shelby Christiansen de gelukkigste vrouw ter wereld maken. Ik ga haar laten lachen, glimlachen...' Hij trok een gluiperige wenkbrauw op. 'En elke dag laten klaarkomen. Ze zal altijd weten hoeveel ik van haar hou... en daar valt niet over te onderhandelen, schatje.'

Andere Boeken van Samantha Cole

Momenteel Verkrijgbaar in Nederlands

The Trident Security Series
Leder & Kant
Zijn Engel
Wachtend op Hem
Niet Bespreekbaar

Over de Auteur

USA Today Bestselling Author en bekroond auteur Samantha Cole is een gepensioneerde politieagente en voormalig paramedicus. Met behulp van haar levenservaringen en opleiding, streeft ze ernaar om de perfecte mix van spanning en romantiek te vinden voor haar lezers om van te genieten.

Onderscheidingen:

Wannabe in Wyoming (co-auteur: J.B. Havens) won de bronzen medaille in de Readers' Favorite Awards 2021 in de categorie General Romance.

Scattered Moments in Time won de gouden medaille bij de Readers' Favorite Awards 2020 in de categorie Fictie Anthologie.

The Road to Solace (voorheen *The Friar*) won de zilveren medaille in de Readers' Favorite Awards 2017 in de categorie Eigentijdse Romance.

Samantha heeft meer dan vijfendertig boeken gepubliceerd in verschillende series en een paar op zichzelf staande romans. Een volledige lijst is te vinden op haar website.

www.ingramcontent.com/pod-product-compliance
Lightning Source LLC
Chambersburg PA
CBHW050410030726
47503CB00006B/2125